十字路

〔日〕江户川乱步 著

叶荣鼎 译

山东画报出版社

图书在版编目（CIP）数据

十字路 / （日）江户川乱步著；叶荣鼎译. --济南：山东
画报出版社，2022.3

（江户川乱步全集·明智小五郎系列）

ISBN 978-7-5474-3952-4

Ⅰ.①十… Ⅱ.①江… ②叶… Ⅲ.①儿童小说–侦探小说–
日本–现代 Ⅳ.①I313.84

中国版本图书馆CIP数据核字（2021）第134774号

SHIZILU

十字路

〔日〕江户川乱步 著 叶荣鼎 译

责任编辑 怀志霄
封面设计 光合时代

出 版 人 李文波
主管单位 山东出版传媒股份有限公司
出版发行 山东画报出版社
　　　　　社　　址 济南市市中区舜耕路517号 邮编 250003
　　　　　电　　话 总编室（0531）82098472
　　　　　　　　　　市场部（0531）82098479 82098476（传真）
　　　　　网　　址 http://www.hbcbs.com.cn
　　　　　电子信箱 hbcb@sdpress.com.cn
印　　刷 山东新华印务有限公司
规　　格 787毫米×1092毫米 1/32
　　　　　　6.5印张 92千字
版　　次 2022年3月第1版
印　　次 2022年3月第1次印刷
书　　号 ISBN 978-7-5474-3952-4
定　　价 36.00元

如有印装质量问题，请与出版社总编室联系更换。

译者序

红极一时的日本动漫《名侦探柯南》的作者漫画家青山刚昌，孩提时代曾是江户川乱步的超级追星族，他笔下的主人公江户川柯南的姓就取自日本推理文学鼻祖江户川乱步，名则取自英国的柯南·道尔。

日本作家历来都有用笔名的传统，江户川乱步本名平井太郎，早年就读于早稻田大学经济学专业，江户川就在早稻田大学旁边。巧合的是，"江户川"的日式英语发音"edogawa（爱多嘎娃）"，与"Edgar a-（埃德加·爱）"的发音极其相似；

"乱步"的日式英语发音"ranpo（兰波）"，与"llan Poe（伦·坡）"的发音又十分相近，故而决定以"江户川乱步"为笔名。从此，这个名字陪他度过了四十年推理文学创作生涯，也成为日本推理文学史上不可逾越的高峰。

1923年，乱步在《新青年》杂志上发表处女作《两分铜币》，引发轰动。当时的编者按这样写道："我们经常这样说，《新青年》杂志上总有一天将刊登本国作者创作的侦探小说，并且远远高于欧美侦探小说的创作水平。今天，我们终于盼来了这一兴奋时刻。《两分铜币》果然不负众望，博采外国作品之长，水平遥遥领先于外国名作。我们深信，广大读者看了这篇小说后一定会深以为然，拍案叫绝。作者是谁？是首位登上日本侦探文坛的江户川乱步。"

1925年，乱步发表小说《D坂杀人事件》，成功塑造了日本推理文学史上的第一位名侦探——明智小五郎。其后，他又陆续创作了《怪盗二十面相》《少年侦探团》等脍炙人口的作品，其中的"怪盗二十面相""少年侦探团"等角色已经突破了类型文学的束缚，成为世界文学史上的典型形象，先后多次被搬上各种舞台，改编成各种各样的影视、动漫作品。

第二次世界大战爆发后，江户川乱步因作品被禁止出版，投笔抗议，公开发表《作者的话》："我撰写的小说主要是把侦探、推理、探险、幻想和魔术结合在一起，让读者富有想象力和创造力。人类必须怀有伟大的梦想，经过不断的努力，才会创造出伟大的时代。没有梦想，没有幻想，就没有科学。历史已经证明，科学的进步多取决于天才的幻想和不懈努力。科学进步了，人民才会过上好日子。可是今天的战争，毁掉了科学，毁掉了人民的梦想，日本人民将会被一个不剩地当作炮灰，却还是避免不了失败的结局。"

1947年，日本侦探作家俱乐部成立，乱步被推举为主席。俱乐部在1963年改组为日本推理作家协会，至今仍是日本最权威的推理作家机构。1954年，乱步在六十大寿之际，个人出资100万日元，设立"江户川乱步奖"，用以激励年轻作家。在之后的半个多世纪里，以东野圭吾为代表的一大批优秀的日本推理文学作家通过这个奖项脱颖而出，他们的成绩也使得"江户川乱步奖"成为日本推理文坛最权威的大奖。

1961年，为表彰乱步在推理文学界的杰出贡献，日本政府为其颁发"紫绶褒勋章"（授予学术、艺术、运动领域中贡献卓著的人）。1965年，乱步突发脑出血去世，获赠正五位勋三等瑞宝章。为纪念乱步，名张市建有"江户川乱步纪念碑"与"江户川乱步纪念馆"，丰岛区设有"江户川乱步文学馆"，供日本与世界的爱好者与学者瞻仰和研究。

《江户川乱步全集》作为乱步作品之集大成者，先后出版了多个版本，加印数十次，总印数超过一亿册，迄今已有英、法、德、俄、中五大语种版本问世。衷心希望诸位读者能够通过这一版的中文译本，回望日本推理文学的滥觞，领略一代文学大家的风采。

是为序。

2021年元旦于上海虹桥东华美寓所

目　录

序　幕

伊势省吾全神贯注地驾驶着汽车在蜿蜒的山路上疾驰，坐在副驾驶位上的冲晴美兴奋不已。

"这儿的景色太迷人了！我还是第一次在山里兜风。太刺激了！啊，快看，那边就是峡谷啦。每次转弯都觉得车会冲出山道，不要紧吧？还没到吗？"

晴美是省吾的秘书，但今天的她与平日办公室里的样子截然不同。

"别担心，马上就到了。看，多美的风景。你看那块岩石，那就是著名的'礼帽岩'。"

省吾是伊势商社的社长。他还有一个身份，就是晴美的恋人。

两人就读于同一所大学，还是同一个社团的成员。大学毕业后，省吾进入父亲一手创建的伊势商社工作，原想按部就班地锻炼几年之后逐渐接管家里的生意，但没想到仅仅几个月之后，父亲便因急病与世长辞了。年仅二十五岁的省吾不得不勉力挑起重担，出任在日本小有名气的伊势商社的社长。他虽然资历尚浅，但毕竟在父亲身边耳濡目染，而且头脑十分灵活，又有魄力，竟然在短时间内就让公司的生意更上了一层楼。

第二年，比他低一届的晴美毕业，省吾就把她聘入了公司，成了他的秘书。晴美可不是那种花瓶似的女秘书，她很快就熟悉了自己的工作，并用自己的能力征服了省吾和公司的上上下下，成了省吾不可或缺的得力助手。

其间，两个年轻人日久生情，很快发展成了恋人关系。

"星期天去兜风吧，去藤濑。那一带的风景美极了，还有我们公司曾经的采石场。"

于是，在这个十二月的温暖的星期天，省吾带着晴美驾车行驶在了去往藤濑采石场旧址的路上。

汽车在青梅公路上飞驰，沿多摩川驶出谷泽镇，随即拐上了弯弯曲曲的山道。再经过藤濑水库工地，就会到达此行的目的地——藤濑村。

又过了一会儿，汽车驶出了峡谷，开上了通往山顶的坡道。视野顿时开阔起来。透过坡道两旁高大的杉木林，可以看到秀美的山间景色。

"看，那就是藤濑水库工地。虽然据说只是个中型水库，但也足有八十米深呢。现在土建基本上都已经完成了，还要再过一段时间才能蓄水。等这里蓄满水，波光粼粼，一定会成为一处观光胜地。"

"啊，太壮观了！今天果然不虚此行。"

"嗯，就让我们把东京所有的烦恼都抛到九霄云外去吧。"

不一会儿，汽车拐出主路，驶上了一条下坡路。道路的尽头就是藤濑村。这条路就是伊势商社为了打通采石场的交通投入巨资修建的。

"这里都会成为藤濑水库的一部分吗？看，那边还有几栋房子呢，都要迁走吗？"

"嗯。他们大概是想尽量在这里待到最后吧。藤濑村只有五十几户人家，大部分都已经搬走了，现在只剩下四五户了，迟早也是要搬的。这里毕竟是他们祖祖辈辈生活的地方，还有他们的祖坟呢，唉……我们就在这里下车吧。"

"带上便当吧。"

"带上三明治就行了。"

沿着坑洼不平的山路走出大约两百米，就能看到大面积裸露在外的铜绿色的岩层。

"那里就是我们曾经的采石场。那种绿色的岩石是蛇纹岩的一种，就叫藤濑石。现在采石场都已经迁走了，看不出原来的样子了，不过之前这里可是兴旺得很呢。你看，还有一些藤濑石堆在那里呢。这可都是建筑用的上好石材啊。"

"这么说，你也是这座水库的受害者？"

"嗯，损失确实不小。这儿的花岗石取之不尽，利润非常可观。虽然也得到了一些补偿，但是远不足以弥补损失。"

右手边是一大片碎石滩，一条宽阔的河流奔流而过。藤濑村坐落于峡谷底部，但眼前的这条河流并不像一般的山间小溪，而更像平原上的大河。河滩上的碎石大部分也都带有独特的铜绿色。

"怎么样？就在这里用餐吧。"

"好的，那块大石头看起来很不错，就在那上边休息一下吧。"

晴空万里，空气清新。虽然这个时节山里的风已经是冷飕飕的，但沐浴在阳光下还是很温暖的。特别是那块大石被晒得热乎乎的，坐在上面舒服极了。

晴美拿出三明治，省吾取出咖啡，两人边吃边聊，惬意地享受着难得的闲暇时光。

大概半小时过后，两人并肩向采石场走去。说笑间，路旁的小树林里传来一阵沙沙的声响，好像有什么动物向着他们跑了过来。

两人停下脚步，看向声音传来的方向，一只脏兮兮的大白狗从树林里蹿了出来，紧接着，一个男人也跟了出来，让原本以为这里四下无人的两个人吃了一惊。

那是个身材高大的男人，看起来有四十五六岁，一头乱发，穿着一件褐色的夹克和一条土黄色的长裤。这副尊容在东京肯定会被认作流浪汉，但是在这山里，不过是最普通不过的样子——一个因长年劳作而皮肤黝黑的庄稼汉。

男人微笑着向两人走来，并点头致意：

"真是个好天气啊……"

原本以为是个木讷的山里人，没想到竟然主动开口打起了招呼。但是这人总给人一种说不清道不明的奇怪感觉。

"你是这村里的人吗？"

省吾开口问道。

"是啊，祖祖辈辈都在这里生活。可是……唉……"

男人脸上泛起一阵愁苦。

"是啊，唉……我也很舍不得这里啊。你看，那边就是我曾经的采石场，也不得不拆掉了。大家都不愿意背井离乡，但建水库的事也不是我们能左右的，所以大家都还是搬走了。我看你也尽早搬去别的地方开始新的生活吧。"

"不，我要留到最后，直到这里被淹没的那一天。我孤身一人，除了长眠在地下的祖先，再没有可以说话的人了。所以我要留在这里陪着他们，直到最后。"

男子蹲下身去，抚摸着大白狗的脑袋，近乎喃喃自语，难掩忧伤。

"你会这样想也是理所当然的。你真的只是一个人吗？没有父母，也没有妻儿？那确实很难离开这块土地啊。但实在是没有办法啊，大家都已经搬走了，你还能怎么样呢？还是带上祖先的灵位去别处开始新生活吧。你大概也已经拿到搬迁补偿了吧？"

"这根本就不是钱的事！我一再跟他们说，我不要钱，只要让我留在这里就好。可是……可是他们说什么也不答应……"

"这也是没有办法的事。虽然很遗憾，但还是请你放弃吧，换个地方，重新开始。请多保重。"

省吾说到这里，拉着晴美走开了。

"这人太可怜了！"

晴美的眼眶都已经湿润了。

"人是不能认死理的，这么一根筋怎么行。这大概也算是水库建设引发的悲剧之一吧。"

男人见两人走开了，朝着他们的背影行了一礼，带着那只大白狗在两人身后慢吞吞地走着。即便决定坚守到最后，但孤身一人在这大山里，肯定很寂寞吧。所以一见到有人，还是希望能够尽可能地多说几句话。

一走进采石场旧址，晴美便被眼前的景象吸引住了。高耸的山崖像是被人劈开一般，露出了铜绿色的岩体。开凿过的地方很有层次感。岩壁前还有一处深坑，坑底有几个枯井似的大洞，那里也有开采过的痕迹。

"这里简直就像是古罗马的斗兽场。山壁上的一层层岩石就是观众席。"

"斗兽场？经你这么一说还真挺像。说起这藤濑石，可真是关东一宝啊。就这么让它们沉睡在水库底实在是太可惜了……小心！这里有口废井！"

"怎么，这里还有井……是工地上用的吗？"

晴美站在井边向下看去。

虽说是井，但是完全没有井栏之类的东西，只是用碎石简单地围了一圈。这井大概有三米深，井底堆满了碎石，一点水都没有。

"嗯，当时建这采石场的时候挖的。但是早就干了，没能派上什么用场。"

"还有这么多石料堆在这里，不是太可惜了吗？"

"好的石料都已经运走了，剩下的这些不过是些碎石，就让它们留在这里吧。"

两人又闲聊了几句，毕竟只是个采石场，没有什么风景可看，于是决定回到车上去。

由于地上都是碎石，省吾觉得应该牵着晴美的手，让她小心一点。但已经晚了，他刚伸出手去，晴美已经"啊"的一声惊叫，摔倒在了地上。他连忙过去把她扶了起来，好在没有受伤。

"鞋跟断了……"

晴美疼得皱起了眉头。在这种地方穿高跟鞋根本不行。

"要是穿平底鞋来就好了。"

"是啊，怎么没想到呢。"

这时，一直跟在两人身后的那人带着那只大白狗走了过来：

"夫人，没受伤吧？哎呀，鞋子坏了，这样可不能在山里走路啊。我背你吧。"

"不……不，不用了，谢谢，我自己能走。"

晴美在省吾的搀扶下，咬着牙一瘸一拐地往停车的地方走去。不过几百米的距离，两个人花了很长时间才走到。

早上离开东京时还光洁如新的车身早已蒙上了一层灰尘。晴美还是坐在副驾驶的位子上。汽车在崎岖不平的山路上颠簸着向着东京驶去。

"现在还不到两点，天黑之前就能赶回东京了。"

"真不想就这么回去啊。"

"没关系，以后我们可以经常出来兜风。"

"你看，那人还在那里呢。那笑容看起来好凄凉啊。"

省吾从后视镜看去，果然，那人就那么呆呆地站在他们车后大概三十米的地方，目送他们离开。那只大白狗就趴在他身边。正如晴美说的，虽然脸上还挂着憨厚的微笑，但那笑容中却有一种无法形容的哀愁。

"以后还会再见到他吧？"

省吾的脑海里突然掠过这个奇怪的念头。

不可思议的预感，像夹带着丝丝寒意的秋风拂面而来。

同一天的傍晚，美术商真下幸彦坐在银座一家咖啡馆临窗的座位上等着女友相马芳江。夕阳的余晖下，银座大街渐渐变得朦胧而不真实起来。

正对咖啡馆的街对面是一家小有名气的鞋店。紧挨着的是一家精品专卖店。再过去是一家蛋糕店，旁边的小巷里开着一扇小门。蛋糕店楼上的水泥墙上挂着一块不怎么显眼的招牌，上面写着"南侦探事务所"。

"这种地方怎么会有侦探事务所？还挂了一块

这么寒酸的招牌。难道是租了蛋糕店楼上的房间？就在那个小巷里？"

幸彦自诩对银座了如指掌，竟然也有之前一直没注意到的地方。于是，他又盯着那块招牌研究起来。

这时候，一辆凯迪拉克轿车驶入了他的视线，停在了街对面。

"真是一辆好车，凯迪拉克！不过，这么厚的灰尘，难道是刚从郊外兜风回来？"

只见一个男人下了车，绕到副驾驶位，打开车门，扶下来一个年轻女人，两人并肩走进了那家鞋店。那女人一直靠在男人身上，走起路来一瘸一拐，看起来不像是撒娇，倒像是扭伤了脚。

"能开这么好的车，那男人一定是个有钱人。那姑娘也真漂亮啊！"

作为颇为成功的美术商，真下幸彦也有相当的身家，但是凯迪拉克这样的高级轿车，对他来说还是可望而不可即的。他不由得感慨着，不知自己什么时候也能买下这样一辆豪车，带着恋人芳江去兜风。

正想着，芳江的身影出现在了街对面的人群中。她穿着一件略显宽大的大衣，随着她轻快的步伐，大衣下摆也有节奏地摇摆着。因为走得有点急，她的脸颊微微泛起了一抹红晕。

"比起刚才那个姑娘，还是芳江更有活力啊。不过让我等了这么半天，我得装出生气的样子，给她点脸色瞧瞧。"

想到这里，他舒舒服服地靠在椅背上，端起杯子，将所剩无几的咖啡一饮而尽。

"让你久等了。"

芳江走进了咖啡店。

"已经三十分钟了。"

"对不起，我去给哥哥选生日礼物了。你看这个怎么样？"

芳江坐到幸彦身边，拿出一个包好的方方正正的小盒子，递给他看。

"看来这个哥哥对你来说很重要啊！"

"嗯，当然。"

"所以，让我等这么久也无所谓？"

"我不是已经道歉了吗？没想到刻字要花那么长时间……好啦，别生气了。"

芳江说着，用肩膀轻轻地蹭了蹭幸彦。

"好啦，好啦，我怎么会生你的气呢？不过是跟你开个玩笑罢了，哈哈哈……"

幸彦笑着接过那小盒子，取出了里面的东西。

"烟盒？"

"嗯，纯银的。"

幸彦打开烟盒，看到了刻在里面的一行小字：

给亲爱的哥哥　Y

"我们名字的首字母都是Y，所以，这是咱们两个送给哥哥的礼物。"

"我也叫他哥哥？"

"当然了。"

两人四目相对，开心地笑了起来。

突然，芳江像是想起了什么，收起了笑容，抿了一口咖啡，然后又说起了老话题：

"你什么时候跟哥哥说呢？"

"再过一阵子吧。你哥哥现在心情不好，我怕……"

"可是，我们不是明年春天就要结婚了吗？到时候就要租间公寓搬出去住了。老这么拖着可不行，哥哥可不是那么好说话的……"

"是啊。良介是一个真正的画家。某种意义上说，是个天才。但即便如此，整天光画些那种东西也没有人买啊。我虽然只是个美术商，但赚的钱却比他多得多。可是，他却一直看不起我。说真的，我很怕跟你哥哥说起这事，如果他一口拒绝，那可怎么办啊……"

"你说的这些我都知道，但是也不能就这么一直拖下去啊。还是跟他明说了吧。"

"你什么也没对他提起过？他或许早就察觉了吧？"

"也许吧。不过除了画画，其他事他根本一点儿都不放在心上。他自己的单身生活过得优哉游哉，就觉得我也根本不需要嫁人，唉……而且，他还喜欢喝酒，一喝了酒就跟人打架……有时候，我真觉得对不起你，但他毕竟是我唯一的亲人……"

"你们兄妹感情那么好，真让人羡慕啊。我都有点嫉妒你哥哥了。为了你的幸福，他一定会让步的。但是，真是不好开口啊……"

"拿出勇气来！我先去跟哥哥吹吹风。但是你一定要在一星期内找他谈啊。我们就这么说定了。"

"好吧，就这么说定了。不过……要是他不同意怎么办？"

"我会好好跟他说清楚的。如果那样还是不行的话，我只好下定决心离开他了。虽然那样一来他会很可怜，但我总不能就这么一辈子陪着他。无论如何，我都要嫁给你！"

幸彦被芳江的决心感动得热泪盈眶，芳江也眼含热泪。两人就这么深深地看着对方，陷入了短暂的沉默。

片刻之后，幸彦换上了开朗的语调：

"就这么说定了。现在，我们去大吃一顿庆祝一下吧。牛排怎么样？然后，我们去看这个。"

幸彦说着从口袋里取出两张票，放在了芳江面前。

"啊，贵宾席，还是点映场，太棒了！"

两人离开咖啡馆，并肩走在银座大街上。

街角处新开了一家画廊，透过临街的落地窗，可以看到里面陈列的大大小小的油画。因为天色已晚，画廊里只有两三个人，看起来像是画家。

幸彦和芳江都没有留意这间画廊。但是画廊里却有一个男人一直盯着他俩。他就是芳江的哥哥相马良介。

良介留着一头蓬乱的长发，遮住了苍白消瘦的脸颊。上身穿一件肥大的黑色灯芯绒外套，下身是一条已经洗得发白的牛仔裤。

认出妹妹后，他先是大吃一惊，继而什么都明白了。他快步走到窗前，隔着玻璃窗死死地盯着两人渐行渐远的背影，眼中燃烧着熊熊的妒火。

若叶公寓

时间过去了三个月，已经是第二年的二月下旬了。一个天阴欲雪的寒夜，青山若叶公寓三楼三十六室冲晴美的家中，伊势省吾和晴美正在看一封信。

信是两个人的大学同学岛田友子寄给晴美的。

"别怕，只不过是无聊的威胁而已。"

省吾虽然嘴上这么说，心里也不安起来。

"虽然当初交友不慎，但我早就已经跟她们断绝来往了。"

"你做得很对，她们的思想和行为都太过激了。

再说，要不要跟她们交往是你的自由，谁都无权干涉。"

"道理虽然是这样的，但是在她们那里根本就说不通。"

晴美把信扔在一旁，绝望地嘟囔道。

大学期间，拗不过岛田友子的软磨硬泡，晴美稀里糊涂地加入了一批激进学生组成的社团。她很快就发现，自己跟那帮人的想法几乎是背道而驰，但碍于面子，一直没有明确的表示。但很快，这种过激的思想发展成了行动。晴美害怕极了，马上申请退出，转而加入了省吾所在的社团。

省吾就任伊势商社社长之后，准备回母校招聘一名秘书。当时，岛田友子表现得十分积极。但因为她思想偏激，做事也容易冲动，省吾最终没有选择她，而是录用了晴美。这让向来偏执的岛田友子完全无法接受，把所有的怨恨都指向了晴美。最近一段时间，更是不断地写信恐吓晴美。

"这样的信，我已经收到好几封了，只是不想让你担心，所以才一直没对你说。可是这次的措辞实在是太过激烈，我怕……"

晴美说着不由自主地缩进了省吾的怀里。省吾也感到了一丝异样的不安，但为了不吓到晴美，他没有说出来，反而岔开了话题。

"好了，不要多想了，反正她也只是说说而已。这么冷的天，我们吃点热乎乎的好东西，放松一下吧。"

窗外不知什么时候下起了大雨。

晴美从冰箱里取出牛肉和蔬菜，在房间中央摆好了矮桌，烧上了寿喜锅。

在这样的寒夜围炉吃着热乎乎的寿喜锅，再喝上两杯清酒，实在是妙不可言。虽然两人都还在为那封恐吓信惴惴不安，但谁也没有再说出来。酒过三巡之后，省吾已经有了些醉意，话渐渐多了起来，晴美脸上也重新有了笑容。

吃完寿喜锅，省吾来到窗前，看着窗外的雨幕，心满意足地说：

"外面冷得要结冰了。在这温暖的屋子里跟你一起大快朵颐，真是太惬意了。"

"是啊，真好……"

两人就这样陷入了短暂的沉默。

"已经八点多了。"

省吾看了一眼手表，打破了沉默。

晴美没有答话，起身把矮桌收好，又去壁橱里抱出了被子。

"热水已经放好了，你去泡个澡吧？"

"我还有些晕乎乎的，等会儿再洗。你先洗吧。"

"好，那我先洗了。"

晴美温柔地一笑，走进了浴室。

"这才是家该有的样子啊。"

省吾在心中感慨道。

就在这时，门外传来了敲门声。

"谁啊？"

省吾大声问道。

"我是住在对面的村井，请开一下门……"

是个女人的声音。住在对面三十五室的村井夫人，省吾见过几次。于是，他走到门口准备开门。

然而，他刚把门打开一条缝，门外的女人已经猛地推门冲了进来。

事发突然，省吾反应不及，只觉得血直往上涌，脑袋嗡嗡作响。

来人穿一件茶色风衣，却不是村井夫人，而是那个写信威胁晴美的岛田友子。

她反手关上房门，还上了锁。毫无血色的脸上，一双眼睛布满了血丝，嘴唇不住地颤抖。

"这女人不正常！"

这是省吾的第一反应。

两人僵持了足足一分钟，突然，岛田友子把手上的黑色皮包往椅子上一扔，用嘶哑的声音歇斯底里地吼道：

"我要让那个女人得到她应有的报应！"

说完，她脱下风衣，露出了穿在里面的绿色套装。不知什么时候，手上还多出了一把明晃晃的匕首。

"别胡来！你先冷静一下，有话好好说。"

省吾声音不大，但充满了威压。

但此时的岛田友子已经什么都听不进去了，只是瞪着血红的双眼，四处搜索着目标。

浴室里传来了"哗哗"的水声，晴美对客厅里的危险还一无所知。

"那女人在洗澡？真是太好了！"

省吾冲上前去，想要阻止她。但已经彻底失去理智的岛田友子竟然力大无穷，而且还不住地挥舞着手中的匕首，让省吾不敢近身。

她进门的时候根本没有换鞋，只见她一脚就踹开了浴室门，里面随即传出了惊恐的尖叫声和扭打声。

省吾紧随其后跟了进去，只见浑身赤裸的晴美正和一身绿衣的岛田友子对峙着。晴美的左肩血流不止，沿着手臂一直流到手上，然后滴滴答答地落在了浴室的地上。

岛田友子并没有就此罢休，正举起寒光闪闪的匕首准备发动新一轮的攻击。

省吾连忙四下寻找武器，但一时之间根本找不到趁手的东西，只好扯下一条毛巾，猛地从背后勒住了岛田友子的脖子。见心爱的女人受伤，他此刻也已经没有多少理智了，只想不计一切代价地制住眼前这个凶恶残暴的女人。

岛田友子拼命挣扎，匕首在空中胡乱地挥舞，省吾本能地往后仰去，却在无意中更加勒紧了手中的毛巾。很快，岛田友子的脸就涨得由红转紫，原本通红的眼睛也开始翻白。突然，她的脑袋诡异地转了过来，死死地盯着省吾。

"还不行……还不行……现在松手，说不定就没有机会再制住她了，必须再多勒一会儿。"

不知过了多久，直到省吾的双手都失去了知觉，他突然感到双手猛地一沉，岛田友子的身体瘫软了下去，坠得他也跟着倒在了地上。

一丝不挂的晴美依然保持着刚才的姿势，就那么呆呆地站着。鲜血还在不断地顺着手臂往下淌，在脚下汇成了一滩。

突然，晴美发出一声尖叫，把省吾吓了一跳。原来，她直到这时才发现自己受伤了，颓然无力地瘫软在了地上。

"别怕，挺住！"

省吾一边大叫着，一边手忙脚乱地推开岛田友子的尸体，冲到外面找来了急救箱。

晴美的左肩被划出了一条足有五厘米的口子，但好在伤得不深。省吾帮她消毒后，绑上了厚厚的绷带。

"疼吗？"

"不，没有想象中那么疼。你这么绑绷带可不行，还是用胶布吧。把胶布剪长一点，垫上绷带之后十字固定就可以了。"

知道自己只是受了一点轻伤后，晴美松了一口气，省吾按照她说的重新包扎了伤口，血也很快止住了。

"她……她……死了？"

等处理完了这一切，晴美才终于意识到了这个问题。

省吾早已经脱了力，颓然坐在浴室的角落里，一句话也说不出来。

"我杀人了！我杀人了！怎么办？必须尽快将尸体处理掉！不能留下任何痕迹！"

突然，他变得焦躁不安起来，但没有一丝自首的念头，只想着怎么才能把尸体处理掉，永远不要被人发现。这样想着，他竟然隐隐有了一丝刺激的感觉，就好像商场上面临重大抉择时的快意。

"公寓里的人有没有发现？应该没问题，不可能被发现的。"

这是一栋钢混结构的四层公寓，共有三个单元，一梯两户，总共有二十四户住户。但晴美真正意义上的邻居只有对面的一家。两家之间隔着楼梯和一个小平台，再加上现在是冬天，家家户户都门窗紧闭，即便声音稍稍大一些，也不会被人听到的。

"岛田友子进入公寓大门的时候会不会有人看见了呢？不会的。即便有人看到了，也不会特别留意。"

这公寓虽然有个大门，但既没有保安也没有传达室，任何人都可以随意进出。

"这么说来，也可以神不知鬼不觉地把尸体运出去呢。我的车就停在门外。但是，等等，她是怎么来这儿的？出租车？她那副模样，一定让人过目难忘。不好！"

但是再仔细一想，也不必太过担心。出租车只能停在公寓大门外，司机根本不可能知道岛田友子进了哪个单元，更不可能知道她去的是这二十四户住户中的哪一家。这栋公寓里面坐出租车的大有人在，更何况还有朋友来拜访的，保守估计，一晚上怎么也得有十几辆出租车在大门外上下客，谁又会注意到一个穿着茶色风衣的女人呢？更不可能认出她就是岛田友子了。

"到目前为止，一切顺利。但是，她是从哪儿来的呢？"

省吾一把抓过刚才被岛田友子扔在一旁的黑色皮包，从里面翻出了一张车票和东京车站寄存行李的凭证。

"原来是从静冈来的。行李就寄存在东京车站。这么说，静冈那边会不会有人知道她回东京了？但是，谁能保证她没有中途下车呢？车站的工作人员不可能记得一个寄存行李的普通乘客。只要一口咬定没见过她，谁也不会怀疑的。"

省吾的思维空前地活跃起来，就像自己在跟自己下棋一样，思路越来越清晰。

"啊，对了！"

他突然叫了起来。

晴美被他吓了一跳，愣愣地看着他。

"喂，晴美，你马上化装成岛田友子的模样，出去旅行一趟。这样一来，她就不是死在这里了。今天晚上就出发……我想想……对，就到热海去。伪装成岛田友子从静冈回东京的途中在热海下了车，住了一晚。然后，你再变回自己，悄悄回到东京。明白了吗？我们要让人以为她是在热海自杀的，这样就不会有人怀疑到我们了。"

晴美花了很长时间才大致明白了省吾的话。

"可是，为什么要让人以为她死在了热海？就当她失踪了不行吗？"

"不，只是失踪的话还不够保险，要让她死在自杀的圣地才更安全。你穿上她的衣服，不，不，不，只要穿上风衣就可以了。你不是也有一套绿色的衣服吗？穿那个就可以了。换个发型，戴上她的眼镜，拿上她的皮包。把自己的大衣和包也带上。哦，还有一件事，你带上这张凭证，到东京车站取出她寄存在那里的行李，然后动身去热海。现在出发的话，十二点之前就能赶到了。

"你到热海后，随便找一家旅馆住下，在住宿登记簿上写下她的名字和地址。第二天一早，你就离开旅馆，到镜浦一带，找个没人的小树林，去掉伪装，变回自己，再把她的风衣、皮包和行李胡乱丢在悬崖边上，让人以为她跳崖自杀了。记住，所有这一切都绝对不能被任何人看到，所以一定要一大早行动。而且一路上务必小心，不仅是过路的行人，海上经过的渔船也要小心留意。现在这个时节，问题应该不大。记住了吗？嗯……到时候我们统一口径，就说你请假去湘南的朋友家了。"

晴美听着省吾的计划，不禁大为钦佩，在这种形势下，思路竟然还能如此缜密清晰。但是，她还是隐隐感到有些不妥。

"尸体怎么办？总不能就这么放着吧？"

这是最关键的。省吾又陷入了沉思。

"嗯，这是最棘手的问题。我们把尸体搬到我的车上，塞到后备厢里，然后运到一个不会被人发现的地方。不会被人发现的地方……不会被人发现的地方……深埋？不，不行……沉海？也不行……这都是些老套路了，迟早都会被人发现的，这样的案例太多了。扔进炼钢炉或者浓硫酸池里倒是可以毁尸灭迹，但是……也有人已经这样做过了，而且，不是谁都有这种条件的。

"等等，有了！井……废井……对，废井！哪儿的废井呢？对了，对了，藤濑水库，采石场！三月一日，水库就要正式蓄水了。今天是二月二十五日，也就是说，三天后……"

省吾为自己想出这样一个绝妙的主意神采飞扬，脸上的愁云瞬间消散：

"你还记得藤濑采石场的那口枯井吗？"

"就是那个用碎石围起来的？"

"对，就是那里。就是你高跟鞋跟断掉的地方。"省吾看了看表，"现在是九点，开快一点的话，两个多小时就能赶到那里。留出半个小时处理尸体，然后再赶回来，六七个小时就够了，天亮之前绝对可以赶回东京。只是路上一定不能被人注意到，而且整个过程不能出一点差错。管不了那么多了，绝对不会有更好的办法了。把尸体扔进井底，然后用石头埋起来，这样一来，就不用担心它会浮上来了。只要水库一蓄水，就再也不会有人发现尸体了。况且新水库蓄水这种千载难逢的好机会，嗯……果然是天助我也。"

虽然这么说，但省吾还是放心不下，担心有什么考虑不周的疏漏让整个计划功亏一篑。于是，他又仰头看着天花板，心里默念着，把整个计划从头到尾反复梳理了几遍，直到确认万无一失，才终于转向晴美说：

"没问题！一定可以成功。晴美，打起精神来，这可是关系到我们两个人生死的大事。一定要冷静，胆大心细，要相信我。好了，都明白了吧？"

"我没问题。倒是你，这么晚去采石场，要走山路，很容易发生意外的。"

"只能赌一把了。事到如今，我们还有其他选择吗？好在我的赌运一向不错……好了，把要用的东西准备好，风衣、眼镜、皮包、寄存行李的凭证，还有你自己的行李。一定不要用任何有记号的东西。"

省吾说完进了浴室。此时的他还处于亢奋之中，在他看来，岛田友子的尸体只不过是某件物品。他把她的头扳了过来，摘下眼镜递给晴美。

"发型弄得差不多就可以了。衣服就不用脱了，不过上面的名牌必须拆下来，剪刀……"

他们把岛田友子衣服上的名牌都剪了下来，又仔细翻找了所有的口袋，确定没有留下任何可以证明她身份的线索。

"这女人连鞋也不脱就闯了进来！算了，就让她穿着吧，反正鞋上也没有名牌。你也穿一双类似的黑皮鞋吧。还有……嗯……对了！匕首！"

省吾捡起匕首，仔细擦拭了一遍，确定不会留下任何指纹或血迹，然后插回鞘里，别在了岛田友子的腰带上。

"还要把房间里所有的血迹和指纹都清理掉。任何一个细节都不能有疏漏。"

浴室里虽然有不少血迹，但岛田友子身上一点也没沾到。两人把尸体抬出浴室，用热水把整间浴室彻底冲洗了一遍。

"你的所有沾血的衣服、毛巾，连同刚才用过的药棉、绷带、胶布，都烧掉，一点都不能留。然后把灰烬冲进下水道。"

省吾交待完这些，又戴上皮手套，把岛田友子可能留下指纹的所有地方都仔细擦拭了一遍。

接下来就是第一道真正的难关了——把尸体搬到车上。

十字路口

公寓大门内外都没有人，附近人家也都门窗紧闭，没有一丝光线透出来。

"我一个人就可以把尸体扛下去。你先去看看楼上楼下的动静，要是有人突然出门碰上的话就糟了。"

晴美蹑手蹑脚地上到四楼，竖起耳朵听了一会儿，确认没有一点动静之后，又下到二楼，二楼的住户应该也已经睡下了。

"没问题，大家都睡了。"

晴美小声对省吾说。于是省吾双手抱起岛田友子的尸体：

"你先去一楼，如果有人，赶紧通知我。"

晴美下楼后又过了一会儿，仍不见她回来，省吾这才抱着尸体下了楼。

整栋公寓静悄悄的，人们都已经进入了梦乡。省吾觉得自己就像在墓地中穿行一样。

尸体尚未僵硬，隔着衣服也能感受到余温。如今的岛田友子只不过是一件沉重的、没有生命的物体，耷拉着的脑袋和双腿随着省吾的步伐无力地摇晃着。

经过二楼的时候，不知脚下踢到了什么东西，发出"哐当"一声巨响，把省吾吓了一跳。他连忙躲到黑暗的角落里，大气都不敢出，紧张地听着周围的动静。好在二楼的住户并没有什么反应。借助一楼的微弱灯光，他才看清自己碰到的是一辆婴儿车。

这时，晴美匆匆跑上来，打着手势告诉他楼下没有人。

他们很顺利地下了楼，出了公寓大门。慎重起见，省吾又抬头看了看公寓大楼，所有人家的窗口都是黑乎乎的，看来应该不会有人发现他们。

晴美留在大门内，监视着汽车的方向。

省吾抱着尸体出了大门，来到汽车旁，把尸体放在地上，打开后备厢盖，抱起尸体塞了进去，然后马上盖好厢盖锁好。

第一步非常顺利！

省吾回到公寓，见晴美还站在那里，就做了个跟我来的手势。两人蹑手蹑脚地回到三楼，锁好房门。省吾还是不放心，对晴美说：

"慎重起见，你再重复一遍接下来要做的事。这可是生死攸关的大事，只要出一点差错，我们就都完了。"

晴美掰着手指头，按照省吾刚才说的顺序一项不落地重复了一遍。

"好，这样就没问题了。最关键的就是在崖边换装的时候，千万不能被人发现，一定要小心再小心。记住了吗？"

晴美连连点头。

“千万小心。”

“你也……”

仿佛意识到这也许是最后的诀别，两人都不再做声，只是紧紧地拥抱在了一起，过了好久才难分难舍地分开。

省吾决然转身离去，消失在了门外。晴美颓然倒在地上，双手捂脸，无声地哭了起来。

省吾上了车，双手死死握住方向盘，极力让自己先冷静下来。藤濑水库他已经不知去过多少次了，即便是深夜也不会走错路的。但他还是在心里默念着路线：经过新宿，驶入青梅公路……

当车驶过神宫外苑的时候，他似乎想到了什么。

“往返四五个小时的路程，要是半路上没了油可就麻烦了。对，先去把油加满。”

又往前开了一会儿，路边有一家加油站。省吾把车开了进去，开窗向值班的工作人员打招呼。

“真冷啊。加多少？”

那人嘟囔着走了过来。

“加五十公升汽油。”

那人打开油箱。

"这不是还有油吗？怎么，要开远路？"

"只不过是我的坏习惯，只要油箱里的油不满，就总觉得心里不踏实。"

"是有这样的人，我也见过不少。先生，今晚说不定会下雪呢。这么冷的天，一下雪路上就会上冻的，最容易出车祸了。您还是早点回家吧。"

那人絮絮叨叨个不停，视线不时在省吾脸上扫过。

"不好，这家伙说不定已经记住我的样子了。不过，不要紧，他怎么也不可能把我和岛田友子联系在一起。"

省吾又让那人把水箱也加满，付过钱后，驶出了加油站。

汽车驶向新宿，路上的车辆渐渐多了起来。但也许是因为天冷，几乎见不到行人。

沿着繁华的新宿大街行驶了一会儿，已经可以看到前方的高架铁桥了。铁桥下是一个十字路口，是车流最大的地方，路口旁的岗亭里有警察二十四小时值班。

"稳住！稳住！出市区之前，绝对不能发生任何意外！"

正想着，突然，后面的大卡车闪起了大灯，后视镜上反射出耀眼的强光，照得省吾一阵眼花缭乱。他下意识地想变入右侧的车道，给后面的卡车让路。

就在这时，随着一声巨响，他感受到了猛烈的撞击，随后才听到了刺耳的刹车声。

只见那辆大卡车停在他的车尾右侧。他也赶紧把车停住。

这里恰好是在高架桥下。

借着路灯的灯光，可以清楚地看到卡车的前保险杠已经严重变形了。怒不可遏的司机大嚷着朝省吾走了过来。

"糟了！真的出事故了！"

省吾的心一下子就提到了嗓子眼，刚刚还在担心的事，没想到转眼就发生了。要是引来警察的盘问该怎么回答呢？

还有，更要命的是，后备厢不会被撞开吧？那里面……

想到这里，他连忙下车，对卡车司机的咒骂充耳不闻，径直来到车后。

保险杠已经变形了，好在后备厢看起来没什么问题。他又用力掀了掀后备厢盖，纹丝不动，这才想起自己出发前已经上过锁了。

"喂喂，别光顾着自己的车啊。你看，我的保险杠和挡泥板都变形了，这样可没法跟公司交代。"

卡车司机见他是个有钱人，便准备狠狠地讹上一笔。

"喂！你们不能把车停在这里。快开到路边去。不要挡着其他人。"

两人都是一惊。回头一看，一名交警不知什么时候已经来到了他们身后。应该是路边岗亭里的值班警察吧。

省吾和卡车司机都把车停到了路边，然后跟着警察来到了路边的岗亭里。

这时，省吾已经从最初的慌乱中回过神来。只要岛田友子的尸体没被发现，一切都好说。即便在这里留下了相关记录，也没什么大不了的。

"请出示驾驶证。"

两人把驾驶证递到警察手中，登记之后，三人一起回到路边查看车辆受损情况。省吾的车是后保险杠被撞弯了，卡车则是前保险杠和挡泥板受损。

"这明显是后车追尾，没什么好说的。但是伊势先生，您的车受损并不严重，依我看，还是大事化小小事化了吧。"

交通警察劝说道。可没想到还没等省吾表态，卡车司机先吵吵上了：

"我承认是我从后面撞上他的，可这都是因为这家伙在路上乱开一气。他明明知道我就在他后面，可还是故意开得慢吞吞的。我还以为他的车有毛病。我可不能就这么跟着他瞎耗时间，才会想要超车。可是，就在我想要超车的时候，他也把方向往右边打。这么个开法，不撞上才怪！要我说，这家伙根本就不会开车！你怎么能说是我的错！"

"根本就不是那么回事！我才没有往右打方向，

你不要胡说八道！"

省吾忍不住反驳道。

"什么，你竟敢说我胡说八道！"

双方各执一词，警察也很为难。他提议两人和解，各自上路，但卡车司机胡搅蛮缠，说什么也不答应。

"你刚才也说了，他的车损伤很轻。再说了，这家伙一看就是个不差钱的，这点损失对他来说自然算不得什么。但是我可不一样！车撞成这样，肯定要自掏腰包去修，我哪有那么多钱。不行，他必须得赔偿我的损失！"

这样一来警察也没办法了，只好把省吾叫到一边，小声劝说道：

"他那个样子您也看到了。我想您也不愿意在这里浪费时间。要不，就随便给他点钱打发了，您也好继续赶路。"

"多少？"

"我看就五千块吧。"

省吾只想尽快脱身，其他的都无所谓，于是马上答应下来。

警察接过钱，又去跟卡车司机谈判了。

卡车司机见省吾掏钱，以为讹上了冤大头，马上吵吵着这点钱不够，还得再给五千。

"你要是再这么不识相，可别怪我不客气了！"

警察的语气开始严厉起来。卡车司机这才接过钱，骂骂咧咧地扬长而去。

这时，天空中已经纷纷扬扬地飘起了雪花。

"总算是有惊无险。虽然被警察记下了姓名、住址和车牌号码，但岛田友子是在热海自杀的，我开车经过新宿，这两件事无论如何也联系不到一起。只要尸体没被发现，就不会有问题。"

省吾这样想着，在漫天雪花之中重新发动汽车，驶向了藤濑。

桃子·酒吧

同一天晚上，就在新宿的十字路口发生追尾事故之前不久，新宿花园街一家名叫"桃子"的酒吧里，两个人正在一边喝酒一边争执，互不相让。他们就是相马芳江的哥哥相马良介和未婚夫真下幸彦。两个人都已经喝了不少酒了。此时酒吧里没有其他客人，只有老板娘桃子独自在吧台后面烫着酒。

良介外面罩着一件粗格子花纹的短大衣，里面还是那件黑色灯芯绒上衣，乱糟糟的头发，戴着一顶脏兮兮的贝雷帽。幸彦则穿了一件崭新的长款风衣，围着一条漂亮的围巾，头发梳理得整整齐齐。

"照你这么说，文艺复兴时期的伟大作品都过时了？"

幸彦从老板娘手里接过刚烫好的酒，一边倒酒一边不满地嘟囔道。

"那是专业画家的常识！你懂什么！你能说出文艺复兴时期的作品好在哪里？"

良介已经完全醉了，言语粗鲁。

"我当然知道。总之，现代绘画必须富有时代气息和时代特征。"

"你懂个屁！你所谓的现代绘画就是你那种广告画？"

良介的话深深地刺痛了幸彦。

"就算是广告画，又有什么不好？你那种画不过是孤芳自赏，一幅都卖不出去，还……"

话音未落，幸彦的脸上已经挨了重重的一拳。

"你干什么？"

幸彦一下子火了。可良介却像什么都没发生一样，又给自己倒了一杯酒，一饮而尽。他的外套口袋里插着志摩珍珠商店的广告画册，正是出自幸彦的手笔。这可是幸彦的得意之作，刚才因为得意，趁着酒兴拿给良介看的。现在，他已经后悔了。那家伙肯定会把自己的作品当作废纸扔进垃圾桶里的。

他想要把它拿回来。但是还不等他动手，就见良介恶狠狠地盯着他，开口说道：

"我不同意你和芳江的婚事，不同意！"

幸彦一时没能反应过来。

"什么？"

良介一直对芳江和幸彦的婚事心存芥蒂。他打心眼里看不起幸彦这个所谓的美术商，却又嫉妒他丰厚的收入。不仅如此，他内心深处还有一种不可言说的对妹妹的爱恋，觉得是幸彦把妹妹从自己身边夺走了。幸彦对良介的这点心思心知肚明，但芳江无论如何也想在自己的人生大事上得到哥哥的祝福，这毕竟是她唯一的亲人。于是，三个月前，幸彦开口向良介提亲，结果自然是被良介一口回绝了。后来，在芳江的软磨硬泡下，良介不得已，总算是勉强松了口。但是现在，他似乎又准备反悔了。

借着酒劲，幸彦也毫不示弱：

"你以为你的心思我不知道？你不过是想要继续把芳江留在身边。"

"那又怎么样？我就是不同意！把芳江交给你这种满身铜臭的商人，我怎么可能同意？你竟然说我的画卖不出去？就凭这个，我也不同意！"

"这都什么年代了，还满脑子封建思想。你只不过是芳江的哥哥，有什么资格在这里否决我们的婚事？我只是出于对你的尊重，才会征求你的同意。不管你怎么说，我们都会结婚的。到时候，芳江就会搬出来跟我一起生活……"

又是一拳，正中幸彦面门，比刚才那拳还要重。幸彦只觉得嘴里一阵温热，原来是嘴角已经被打出血了。

他猛地站起身来，良介也几乎同时不甘示弱地站起来与他对峙。

"怎么可以动手打人！请别再……"

吧台后的老板娘桃子见势不妙，连忙出来劝架，但为时已晚，烂醉的良介已经扑向了幸彦。

"啊，危险！"

桃子的尖叫声和良介沉闷倒地的声音几乎同时响起。

原来，幸彦为求自保，一把推开了扑上来的良介。没想到良介竟然仰面朝天地倒在了地上。

"他好像昏过去了。后脑好像撞到这个角上了。"

桃子指着旁边的洗手台说道。

幸彦吓了一跳，酒已经醒了大半。他连忙伸手去摸良介的后脑，既没有伤口，也没有流血。

"喂，醒醒，快醒醒！"

幸彦摇晃着良介的肩膀，大声呼唤着。

桃子端来一杯水，但无论如何也灌不进去。最后，她索性将水泼在了良介的脸上。

良介这才好不容易睁开了眼睛，迷茫地四下张望。当他终于看清是幸彦在扶着他后，一把将他推开，刚要继续发作，突然双手紧紧地抱着后脑，疼得整张脸都变了形。

他摇摇晃晃地爬到吧台上，趴在那里一动不动地好一阵子。然后一言不发站起身来，脚步踉跄地出了酒吧。

"他那样子，不会出什么事吧？"

桃子担心地说。

幸彦闻言，也不免担心起来。他毕竟是芳江唯一的哥哥，万一……

"这是他的帽子吗？"

幸彦接过桃子递过来的贝雷帽，掸去上面的尘土，心中的不安越来越强烈起来。他急忙结了账，快步走出了酒吧。

虽然还不到深夜，但街上已经没什么行人了。这时候，良介已经跟跟跄跄地来到了高架铁桥下的那个十字路口。

黑暗的角落里，站街的暗娼随处可见，见良介走过，纷纷招呼。但良介对所有这些都毫无反应，只是自顾自地往前走着。

不知什么时候，他身边多出了一个女人。

"这么冷的天，又下着大雪，去我那儿吧。"

这个女人看样子只有二十二三岁，长得并不难看，穿了一件大红色的毛衣，天很冷，但她竟然没有穿大衣。更引人注目的，是她腋下竟然拄着双拐。

良介的脚步更加凌乱了，但他还是一把推开了女人。与此同时，自己也因为用力过猛，失去了重心，重重地摔倒在了雪地上。

女人连忙丢下拐杖，把他扶了起来。良介还是不领情，使劲儿拂开她的手，挣扎着起身往前走去。

女人只好站在原地，目送他远去。

良介残存的意识只是要赶紧拦下一辆出租车回家。

就在这时，他看到了停在路边的凯迪拉克。只是他当然已经无从分辨这是什么车了。他摸索着拉开后车门，一头撞了进去，又费了好大劲儿才从里面关上了车门。他已经连坐都坐不住了，就那么一滩烂泥似的倒在了后排座位上。

又过了一会儿，省吾从交通岗亭出来了。他快步走到车前，掸去身上的雪花，上了车。

就在他发动汽车的时候，忽然从后视镜里看到一个奇怪的女人。那女人穿一件大红毛衣，浓妆艳抹，却挂着一副双拐。她似乎正在对着这边喊着什么。

省吾无暇顾及这么多了，他甚至连良介身上的酒味都没发现，就那么驾车离开了。

大雪，仍不停地飘落。

意外的乘客

　　伊势省吾驾车驶上青梅公路，朝荻洼方向驶去。

　　雪越下越大，能见度降到了最低，就连路面都很难看清。路边已经是一片白茫茫的世界。省吾看了看车上的表，十点十分。意外的追尾事故浪费了不少时间。

　　在高原寺附近，对面疾驰而来的汽车突然亮起了远光灯，省吾只觉得眼前一花，连忙打方向躲避，没想到路面太滑，汽车竟然径直滑出了公路，在路肩上剧烈地颠簸起来。

　　来车并不理会省吾的狼狈，呼啸着冲了过去。

惊魂未定的省吾正准备把车重新开回路上，却发现车后门不知什么时候开了。

"既然后门都开了，刚才的颠簸会不会让后备厢也打开了？"

想到这里，他连忙下车检查。确认一切正常之后，才又绕过去，准备把后门关好。

突然，他目瞪口呆地愣在了那里。

"那是什么？后排座位上怎么会有……人？尸体？难道是后备厢里的尸体在颠簸中到了这里？"

过了好一会儿，省吾才终于壮起胆子，战战兢兢地过去看了看。

是个男人！

男人？

怎么会有个男人？

幻觉！一定是幻觉！

省吾怎么也想不明白，自己的车里为什么会多出一个男人。而且，这个男人一动也不动，怎么看也不像是个活人。

他刚想打开车里的灯仔细查看，又突然缩回了手。这……这……要是被人发现了，无论如何也说不清了！而且，不远处的路边，一盏红灯格外醒目——是派出所！一个身穿制服的警察正从里面走出来。

省吾当即就被吓出了一身冷汗。

逃，快逃！要是被警察发现了，就全完了！

省吾手忙脚乱地关上后车门，连滚带爬地钻进了驾驶室，发动汽车逃走了。

省吾一边开车，一边想着后排座位上的男人。总担心那家伙会突然从后面勒住自己的脖子。

车驶过荻洼，道路越来越窄，路边的树林越来越密。省吾终于下定决心，找一个无人的小树林，看看后面那个男人到底是怎么回事。

他把车拐进一条岔道，确认周围都没有灯光后，把车灯全都关掉，又一次确认四下无人，才掏出了手电。

遗憾的是，这绝非什么幻觉。那男人就那么毫无生气地躺在后座上，一头乱发，脸庞苍白瘦削。一身衣服看起来像是个落魄的艺术家，就连皮鞋看起来都不怎么合脚。

"这样的家伙怎么会在我的车里？"

省吾关掉手电下了车，在黑暗中巡视了一圈，又竖起耳朵听了半天，确保万无一失之后，才终于壮起胆子打开了后车门。

他先是推了推那家伙，毫无反应。又打开手电照了照那人的脸，苍白得一丝血色都没有。他伸出手指，搭在那人的手腕上——冰冷，而且——没有脉搏！

死了！

这人已经死了！

又是一具尸体！

"这……这这……这简直太离谱了，我的车里怎么又多出了一具尸体！简直就像是电影里的情节。或者，是我在做梦吧？对，一定是做梦！"

他已经完全无法用正常的思维来思考了。漆黑寒冷的雪夜，在杳无人迹的郊外，自己与两具尸体共乘一车……

"等等。既然车里能多出一具男尸，那后备厢里的女尸……"

他连忙掏出钥匙，打开了后备厢。

手电的光圈里，是岛田友子惨白的脸。

他重新锁好后备厢，回到了车后门外。

"这家伙到底是什么人？怎么会死在我的车里？这是什么时候的事？"

他突然想起了新宿的追尾事故。

"对了，一定是那时候！我在岗亭里待了足有二十分钟，当时车也没有锁，就那么停在路边。一定是那时候，有人趁机把这具尸体搬进了我的车里。"

真相是省吾无论如何也想不到的。相马良介在桃子酒吧摔倒的时候磕到了后脑，虽然当时并未致命，但当他钻进省吾的车里之后，颅内大出血还是要了他的命。

省吾又想起了刚才站在路边的那个红衣女郎。

"那女人拄着双拐，不可能是她。难道她是目击者？看到了凶手把尸体搬到我的车上，所以才想大声提醒我？"

省吾开始翻动尸体，想要找出这人的死因。没有伤口，也没流血，脖子上也没有勒痕。

"难道是毒杀？这下，自己跟两宗命案都有瓜葛了。这可怎么办啊？"

省吾此时甚至希望警方马上出现，把自己逮捕归案，这样就不必这么惶惶不可终日，就可以解脱了。

但是突然，他的脑海里闪过了晴美的脸。

"不行！晴美还在冒着那么大的风险，我怎么可以半途而废呢！"

想到这里，省吾又恢复了斗志。

首先要确定这个男人的身份。尸体旁有一个纯银的烟盒，盒盖内侧刻有一行字：

给亲爱的哥哥　Y

"这家伙还有个妹妹。"

省吾又翻遍了他上上下下的口袋，找出一个火柴盒、一本广告画册和一副旧的皮手套。

外套上没有名牌。但是……衬衣！对，衬衣！衬衣送去洗衣店的时候，往往都会留有姓名标记。于是，他连忙翻看衬衣领口。果然——相马。

广告画册是折成三折的铜版纸印刷的，十分精致。是银座志摩珍珠商店的产品广告。看来，这位相马或许是一个画家，给志摩珍珠商店设计了这份广告画册。

除了这些，省吾没能从这具尸体上找到任何其他线索。

"那么，要怎么处理这具男尸呢？要是没有岛田友子的事，我当然可以就此报警，把所有的麻烦都交给警方去处理。但是……把他扔在这里？也不行。要是被警方顺藤摸瓜查到我身上，这人不是我杀的也成了我杀的了。看来只有把他一起带到水库，让他和岛田友子一起彻底消失了。唉……怎么会稀里糊涂地成了帮人抛尸的帮凶……不过除此之外，没有办法了。可是，发生了凶杀案，警方万一沿途设卡盘查怎么办？"

权衡再三，省吾还是决定孤注一掷，两具尸体一起运走。

"就再赌一把，看看老天这回是不是还是站在我这边！"

一旦下定决心，省吾立即行动力十足。他把尸体斜靠到后排座位上，伪装成醉汉或病人的模样。又把刚才掏出来的东西都照原样塞了回去。为了事后弄清楚这具男尸的来龙去脉，他留下了烟盒和广告画册。

这一番折腾，又过去了三十分钟。时间越来越紧迫了，必须马上出发。省吾回到驾驶室，把车重新开回了大路上，向着青梅方向疾驰而去。他又看了一眼车上的表——十一点三十分。

雪已经下得小多了。路况也不错。更重要的是，一路上并没有遇到警方的盘查。省吾不由得松了一口气，不由自主地把油门踩到了底。

又过了大概四十分钟，青梅市的灯火已经依稀可辨了。只要穿过青梅市区，就是奥多摩的山路，到了那里就安全了。

丢失的皮鞋

　　驶出青梅市，在道路尽头出现了两条岔路：一条经过冰川镇、小河内，通往山梨；另一条则拐向北方，经过谷泽镇、藤濑，通往琦玉。

　　伊势省吾将车开上了通往北方的公路，驶进了险峻的多摩川峡谷山路。

　　山路原本就崎岖难行，汽车一直在爬坡，发动机抗议般地轰鸣着。右边是高耸的岩壁，左边就是深不见底的峡谷。再加上积雪，到处都是一片银白，根本分不清岩壁、山路和峡谷的界限。就连路边的警示牌也已经被大雪盖了个严严实实，什么都看不到了。

此时已是午夜时分，整座大山里似乎只有这一辆车在艰难前行，仿佛进入了未知的异界。

车轮不时打滑，连带着车身一阵剧烈的颤动。省吾紧张得浑身大汗淋漓，稍有闪失，就会跌落深谷粉身碎骨。

"在这样大雪的寒夜里把尸体搬来大山里的水库，简直是疯了！"

省吾后悔不迭。但是只要一想到晴美，他就又重新充满了斗志。

"不行，还不到认输的时候！晴美还等着我呢！"

距离水库只有五公里了！但是，这五公里的山路可不是什么轻松的旅程。坡道越来越陡，车轮打滑的现象也越来越严重。平日里总是风驰电掣的高级轿车此时简直就像是蜗牛一般在山路上缓缓爬行。

终于，汽车爬上了山顶，坡道顿时平缓了许多。远处可以隐隐约约地看到几点零星的灯火，那是水库工地上的夜灯。

再过三天，水库就要正式蓄水了。虽然工人还没有全部撤走，但这时候也不需要再通宵赶工了。更何况这么大的雪，就连值夜班的工人也早就躲进被窝了吧。

不过，自己要干的事情实在是非同小可，不得不慎之又慎。如果有人看见深夜的山顶上出现两道汽车灯光，肯定会感到奇怪，日后就有可能成为证据。虽然下坡路更加危险，但省吾还是决然关上了车灯。他把车停在山路上，等自己的眼睛适应了车外的黑暗，能够借着积雪的反光勉强驾驶之后，才重新启动了汽车。

下坡路上，车轮打滑的次数更多了，省吾不得不拼命踩住刹车，可还是不能完全止住汽车下滑的势头。在这种Z字形的山路上，只要滑出去就是万劫不复。

最后关头，省吾松开了刹车，挂上倒挡，想要做最后一搏。车轮飞转，却无法抓住路面。

"还是不行吗？永别了，晴美……"

就在省吾已经绝望的时候，突然，"咯噔"

一声，车头撞在了路边低矮的护墙上，终于停了下来。

"得救啦！看来老天还是站在我这一边的嘛，哈哈哈……"

劫后余生的省吾精神为之一振，将全部的注意力都集中到了双手和双脚上，重新调整状态，慢慢把车倒回了路上，然后缓缓往山下驶去。

原本只需要五分钟的路程，省吾足足用了三十分钟，才汗流浃背地把车停在了通往藤濑村的岔道口。再往前走就有工地上的照明灯了。但是这还是一条下坡路，所以又花了足足二十分钟。

等省吾把车停在藤濑村前的河滩上时，已经是凌晨一点二十分了。

九点二十分前后离开公寓，一路上接二连三地遇上麻烦。先是在新宿十字路口与一辆大卡车追尾，然后又发现车里多了一具男尸，下车查看又花了不少时间。再加上雪天路滑，山路比平时难走了不知多少倍。仅仅是单程就用去了四个多小时，是原本计划的两倍。回程如果一切顺利的话，天亮之前应该能赶回东京吧？

但是，最棘手的问题还没解决呢。这漆黑的工地上，不知道还会有什么意外。

省吾尽量将车停得离那口枯井近一些。

下了车，他只觉得自己简直要虚脱了，浑身一点力气也使不出来。捧起一大捧雪在脸上拼命搓了几下，又抓起一把雪塞进嘴里，才终于勉强恢复了一点精神。

首先要处理的是那个叫相马的家伙的尸体。省吾打开后车门，抓住尸体的脚踝，攒足全身的力气才终于把他拖出了车外。然后他把两只手分别抄过腋下和腿弯，把尸体横抱了起来。

借助远处的灯光，可以清楚地分辨出那口枯井的位置，距离汽车只有大概三十米。省吾小心翼翼地挪动脚步，故意把步子放得很小，一点一点地往井口蹭了过去。虽然相马良介近乎营养不良的瘦弱，但毕竟是个大男人，这无论如何也不是一件轻松的差事。

右边的高地上，工地的灯光照了过来，映出一片冷冷的白色，让人倍感凄清。

突然，省吾的脚下不知被什么绊了一跤，他和尸体都狠狠地摔在了地上。他挣扎着爬起来，先掏出手电，仔细地查看了一番，确认没有留下什么异常的痕迹，才去重新抱起了尸体。好在地面已经被冻得结结实实，甚至没有留下任何脚印。

终于来到枯井边，省吾先是用手电照着察看了井底的情况，然后才抱起尸体奋力扔了进去。耳畔传来一声闷响，那是尸体落地的声音。还有令人不快的骨头碎裂的"咔嚓"声。

省吾就这么一动不动地站在井边，好半天才觉得生命回到了自己身上。他打起精神，回到车旁，打开了后备厢。

岛田友子的尸体因为一路上剧烈的颠簸已经跟之前大不相同了，虽然心知肚明是怎么回事，但在这无人的深山之中，省吾还是不由得打了一个激灵。

他横抱起尸体，像刚才一样一步一步地往井口挪去。

来到枯井边，省吾近乎神经质地又打开手电，察看井底的情况。见相马良介的尸体还在那里才松了口气。他又把手电照向岛田友子尸体的腰部，那里别着那把用手帕包着的匕首。他先把匕首扔进了井里，又把手帕塞进岛田友子上衣的口袋里。

就在这时，他的视线无意中扫过岛田友子的脚。

"啊！鞋！鞋呢？！"

他不由得叫出了声，那声音就连他自己都听不出是自己的。

不知为什么，他的脑海中竟然浮现出了另一幅画面。去年和晴美来这里兜风的时候，她的高跟鞋的鞋跟也是在这里断了……

他连忙打着手电，顺着来路往回找，一直找到汽车前。光秃秃的地面一览无遗，可是根本就没有那只黑皮鞋的影子。他又把身子探进后备厢里，找遍了所有的角落，还是没有。

"不行，绝对不能留下任何蛛丝马迹！"

省吾又一次顺着原路找到了井边，仍然一无所获。

"无论如何，先把尸体处理掉，鞋子等找到了再扔进去也不迟。"

于是，岛田友子的尸体也被丢进了黑乎乎的枯井，那种令人毛骨悚然的闷响再次传进了省吾的耳朵。

省吾又照了照刚才尸体的位置，还是没看到那只鞋。

离开公寓的时候，那双黑皮鞋还好好地穿在岛田友子的脚上。她是穿着鞋闯进晴美家里的，倒在浴室里的时候自然也穿着鞋。后来他和晴美处理尸体的时候，也没有脱下鞋，为此还让晴美化装的时候找一双类似的黑皮鞋穿上。那么，右脚的皮鞋是什么时候脱落的呢？只可能是从车上搬到井边的这段路上。一路上的颠簸让鞋子已经松了，然后在尸体被抱到井边的时候甩脱了。

"对，一定是这样！"

省吾又一次在车与枯井之间来回寻找，结果还是大失所望。

"皮鞋怎么会不翼而飞？这可不是好兆头。"

省吾的心脏一次次收紧，但转而又觉得自己的紧张是多余的。岛田友子的皮鞋十分普通，可以说随处可见，而且鞋上面又不会有名牌之类的东西，即便被谁捡了去，也没什么大不了的。只要尸体不被发现，一只普通的黑皮鞋又能说明什么呢？

　　即便这么自我安慰，省吾仍有些放心不下。毕竟有时一根头发都能成为破案的关键，更何况一只皮鞋。谁能保证这不会成为证据和线索？

　　于是，他又仔仔细细地找遍了后备厢的所有角落，甚至把汽车挪开，查看了车底。

　　没有，还是没有！

　　他彻底死心了，回到井边，搬起藤濑石的碎块扔进枯井。重物落地的声音和石块与尸体相撞的沉闷声响不断冲击着他的耳膜，使他痛苦得直想捂住自己的耳朵。

　　终于，他觉得差不多了，用手电往里照了照，确定两具尸体已经完全被石块覆盖，即便水库蓄水也不会浮上来了，这才长长地出了一口气。

　　回到车上，省吾只觉得全身的力气都被抽干了似的，而且口干舌燥，偏偏车上没有一点喝的。虽然回东京还要再走一遍来时的路，这让他既害怕又烦躁，但毕竟车上的尸体已经处理掉了，即便遇到临检也没关系了。应付警察盘问的托词有的是，没什么可担心的。

出发前，省吾又一次看向那口枯井，突然，夜色中好像有什么东西一闪而过。他大吃一惊，揉了揉眼睛再看，却什么也没有了。

一丝异样的不安再次袭上了他的心头。

他总觉得在这无人的大山里，有一双眼睛一直在注视着他的一举一动。现在，这种感觉更加强烈了。

"幻觉！一定是幻觉！再过几天，水库一蓄水，事情就彻底结束了。"

省吾自我安慰着踩下了油门，汽车在夜色中驶上了回东京的路。

南侦探事务所

　　天空、大海、码头都笼罩在一片灰蒙蒙之中，栈桥上挤满了黑压压的人群。她就在人群之中仰望着那艘白色的大船。船尾的甲板上站满了乘客。一个面色阴郁的男人正双手扶着栏杆，俯视着栈桥。

　　那是哥哥相马良介。他还是穿着那天的那套衣服，只是两眼空洞无神，好像完全没有察觉到她的存在。

　　失踪的哥哥怎么会在船上？她想大声叫他，却发不出任何声音。

　　"呜"的一声，汽笛响过，大船缓缓出港了。

她竭尽全力地拼命想要追上去，却无论如何都迈不出半步。

所有的人都对她视若无睹，哥哥更是连看都不看她一眼。

终于，相马芳江满脸泪痕地醒了过来，是梦。

这里是位于西银座的一家名叫"卡兹米·玛丽"的时装店，店主香佳真理子是业内小有名气的女强人。相马芳江作为设计师已经在这里工作两年了，前段时间刚刚升任总设计师。店里还有其他两名设计师，但此时都不在，工作室里只有她自己。

虽说刚到五月中旬，但近来的小雨却一直下个不停，店里并没有什么客人。芳江思念哥哥，总是彻夜难眠，刚才竟然不知不觉趴在桌上睡着了。

她最近总是会做这种类似的梦。哥哥下落不明已经两个多月了。虽然良介之前也曾有过不打招呼就外出流浪一个多月的情况，但至少会寄上一张明信片报平安。可这一次……亲戚、朋友，所有可能落脚的地方都打听过了，甚至在报纸上刊登了寻人启事，然而还是一点音讯都没有。想尽所有办法之后，芳江终于报了警。但是从那之后又过了一个多月，警方还是没有任何进展。

"难道哥哥已经不在人世了？"

一想到这里，她就坐立不安。

一个月前，她从千早町跟哥哥一起生活的画室搬了出来，住进了真下幸彦的公寓。她害怕独自一人住在画室里，而且自己跟幸彦的婚事已经得到了哥哥的许可。她并不知道桃子酒吧发生的争执，幸彦并没有告诉他良介已经收回了对他们婚事的祝福。

一天，两人说起了请私家侦探的事。

"要说私家侦探的话，银座的蓝色咖啡馆对面好像有一家侦探事务所，好像是叫……对了，南侦探事务所。"

幸彦一边回忆一边说。大约半年前，他俩相约在蓝色咖啡馆见面，幸彦坐在临窗的位子上等芳江的时候无意间看到了南侦探事务所的招牌。那天，芳江为了祝贺哥哥的生日，特地买了一个银质的烟盒。

"可是，我觉得没有那个必要吧。我们不是已经报警了吗？如果警方都无能为力的话，私家侦探又能怎么样呢？我看还是再耐心地等一段时间吧。"

一提到良介，幸彦总是有点冷淡。他虽然是一个无可挑剔的恋人，但是在这个问题上，芳江还是对他十分不满。

她不由得想起了那个晚上，幸彦急匆匆地冲进了千早町的画室。那天下着大雪，幸彦浑身都落满了厚厚的雪，简直就像个雪人一样。

据说那天晚上，幸彦和哥哥在新宿的桃子酒吧发生了争执，还被哥哥一拳打在脸上，流了好多血。然后，哥哥就气冲冲地一个人走了，至今下落不明。

幸彦随后追出了酒吧，在寒冷的大街上四处寻找，却始终没有发现哥哥的踪迹。幸彦以为他也许已经回到了画室，于是便来到了千早町的画室。可是，当时只有芳江一个人在家。

那天晚上，幸彦就留宿在了画室。

但是，有两件事芳江一直毫不知情。一是哥哥拒绝了他们的婚事；二是哥哥在争斗中后脑撞在了洗手台的角上。当时幸彦面对芳江犹豫着没能说出口，而一旦错过了最初的机会，后面再要提起，就变得十分困难了。因此事情就这么一直被隐瞒了下来。

由于幸彦的反对，芳江没有再提起请私家侦探的事，但她心里一直没有放弃这个想法。现在这个不祥的梦，又重新勾起了这个念头。她下定决心，干脆今天就瞒着幸彦去一趟侦探事务所。

傍晚六点左右，芳江站在了南侦探事务所的大门口。

事务所租用了蛋糕店三楼的房间，简陋的木制楼梯就在蛋糕店旁的小巷里。玻璃门上贴着"南侦探事务所"几个已经褪了色的金字。

芳江敲了敲门，没有回应，也不见有人来开门。

她试着转动了一下门把手，门没锁，于是她就推门走了进去。

事务所被一个巨大的玻璃屏风分成了内外两

间。外间靠门口的地方摆着一张接待员用的桌子，还有一张待客用的圆桌和两把椅子。但现在接待员不知是已经下班了还是外出了。不过，玻璃屏风后面好像有人，于是芳江又往里走了几步，隔着屏风向里张望。

一个高大的男人正凭窗而立，听见动静后，正转过脸来看向这边。

芳江差点喊出声来。那一瞬间，她还以为哥哥就站在自己面前。然而也仅仅是一瞬间，因为她很快就看清楚了，眼前的这个男人虽然跟哥哥有几分相似，但是无论相貌、身材，都比哥哥强多了。特别是他的着装，整齐、体面，跟哥哥完全不一样。

那人显然也有些吃惊，盯着芳江不知如何开口。

"对不起，请问这里是南侦探事务所吗？"

"是的，我就是南重吉。您有什么事情要委托吗？"

南重吉说着离开窗边，来到芳江面前。

"是的，有点事……"

"请坐下说吧。"

南重吉带着芳江来到外间，拉开圆桌旁的一把椅子，做了一个"请坐"的手势。等芳江入座后，自己也拉了一把椅子坐到了桌对面。

芳江端端正正地坐在椅子上，递出了自己的名片。

"啊，您是在香佳小姐的店里工作啊。我也认识她。"

"是吗？不过我今天来找您是私事，所以还请不要对她提起。"

"当然，当然。为客户保密是我们这一行的立身之本，请放心。"

"不，不，其实也谈不上什么保密……我是想委托您帮我找一个失踪的人。"

"找失踪的人？是您的亲属吗？"

"是的，是我哥哥。"

"原来如此。那么，就请您详细介绍一下您哥哥失踪前后的情况。"

于是，芳江就把自己知道的情况毫无保留地

都告诉了南：自己和哥哥一起住在千早町的画室；未婚夫幸彦和哥哥在桃子酒吧发生了争执，随后，哥哥下落不明，音信全无；两个多月来，为了找到哥哥她做出了种种努力，但到目前为止一无所获……

她也从南那里得知，这家侦探事务所共有四名侦探，其他三个都外出调查去了。

听完芳江的叙述，南略微欠了欠身子，说道：

"我曾经在警视厅工作过，对警方的情况也有一些了解。警方虽然规模庞大，但相应的，要处理的案件也更多。像您委托的这类寻找失踪人口的案子，他们根本就顾不上。所以，您能来我们事务所，实在是非常明智的选择。请放心，我们一定会全力以赴的。

"当然，对我们来说，这也是一笔生意，所以不可避免地，要跟您先谈一下费用的问题。像这类寻找失踪人口的委托，我们一般要先收取五千块的订金。调查过程中产生的费用，我们会提供账单，您需要按实际开销来支付。另外，如果完成了您的委托，也就是说，找到了您哥哥的下落，还请您支付两万到五万的酬谢金。"

芳江一口答应下来。这些费用，无需跟幸彦商量，她自己就拿得出来。

付了订金，又签订了正式的委托书后，南便摆出了侦探的架势，询问起具体情况来。

"请问，您的哥哥，相马良介先生是一位画家吧？很抱歉，我对艺术所知有限，不知道他是属于哪个画派，或者哪个团体呢？"

"不，不，哥哥是个怪人，一直独来独往，没有什么朋友，更不属于任何画派或者团体。可能知道他下落的人我都已经问过了，都说没见过他。"

"不过您既然已经报了案，想必报纸上很快就会刊登出相关的消息吧？"

"哥哥没什么名气，想必不会有记者对他的事感兴趣。"

"您刚才说您哥哥是个怪人，是指……"

"他一喝酒就闹事，经常跟人打架，还时不时就外出流浪，连个招呼也不打。所以，刚开始我还以为他又出去流浪了。可是……我总有一种不祥的预感，说不定哥哥已经不在了，说不定在什么地方被人打死了……"

"请不要往那方面想。一般来说，这种情况很少发生。您说您和您哥哥一起生活，也就是说，他没有恋人之类的？"

"不，没有。"

"好吧。再回到您哥哥失踪前。您刚才说……嗯……"南翻看着笔记本，"真下幸彦先生，是吧？您现在已经搬出了画室，和这位真下幸彦先生住在了一起？"

"是的，他是我的未婚夫。"

"这位真下幸彦先生和您哥哥在酒吧喝酒，因为艺术观点不合发生了争执，后来，您哥哥打了他，还流血了，对吧？"

"是的。"

"当时真下幸彦先生没有还手吗？他也喝酒了吧？"

"他也喝了不少。不过，哥哥一发起酒疯来可不是幸彦能对付的。就在他低头止血的时候，哥哥就冲出了酒吧。"

"然后，真下幸彦先生就追了出去，一直在附近的街上找您哥哥，直到深夜，对吧？然后，他以为您哥哥已经回到了画室，所以又去了画室找他，对吧？被打的这么尽心竭力地找打他的人，您不觉得奇怪吗？"

被南这么一说，芳江也发现了其中的违和。真不愧是侦探，分析问题的眼光果然与众不同。

"我想是因为哥哥喝得酩酊大醉，幸彦不放心吧。毕竟结了婚我们就是一家人了。"

"只是这样吗？"

南冒出这么一句后，又沉默了片刻，然后换了个角度继续问道：

"真下幸彦先生找了一圈之后，去了您住的画室，那时候是十一点左右吧？然后你们就一起等您哥哥回来，是吧？"

"是的。但是一直到早上，哥哥也没有回来。"

"那么真下幸彦先生有没有跟您说起当晚争执

的详细经过？还请您务必好好回忆一下。哪怕是最不起眼的细节，说不定都能成为重要的线索。"

"幸彦说他的嘴被哥哥打破了，血流不止。就在他低头止血的时候，哥哥不知什么时候已经离开了。"

"就这些？如果只是这样的话不是很反常吗？喝醉了发酒疯的人怎么会突然一声不吭地离开呢？还有，真下幸彦先生是在酒吧老板娘的提醒下才担心地追了出去，这么看来，是不是您哥哥离开的时候有什么不同寻常的情况呢？这些，真下幸彦先生都没有对您提起过吗？"

话题又回到了这里，看来，南是准备在这个问题上打开突破口了。

芳江努力回忆，却没有想起任何有价值的线索。她突然发现，关于这一点，她竟然一无所知。

"难道，真的就像南侦探怀疑的那样，幸彦对我有所隐瞒吗？"

想到这里，她的心头掠过一层阴云。

突然，她想到了一件事。

"对了，不知道这件事会不会有帮助。哥哥平时总是戴着一顶贝雷帽，但是那天他却把帽子落在了酒吧。幸彦晚上来的时候，手里就拿着那顶贝雷帽。"

南想了一会儿，然后说道：

"那帽子现在还在您那儿吧？能不能借我用一下？还有他的照片、书信之类的东西，我想了解一下他的笔迹。还有，您哥哥的画册，也请借我一本。嗯……暂时就这些吧。明天能带来吗？"

"好的。我明天送来。"

"照片的话，最好是近照。"

"好的，我有一张他半年前的照片，应该可以吧？还有……呃……其实……您跟我哥哥长得很像，真的很像。所以刚才，我差点认错人，以为他一直躲在这里呢。不过，哥哥一直不修边幅，也没您这么……这么……"

"您是想说没我这么帅吧？哈哈哈……"南似乎对此十分得意，"这对调查很有帮助。我可以冒充您哥哥的堂兄，这样就不会引起关系人的怀疑了。当然，这只是调查的一种手段，还请您别介意。"

"我知道了，没关系的。"

"还有，请写一份清单，把您哥哥的老师、同学、朋友，还有你们的亲戚的简单情况都列在上面，虽然可能您已经都问过了，但是慎重起见，我可能还需要向他们了解一些情况。"

"好的。"

"还有一项调查，当然只是以防万一。警视厅有不明身份死者的照片可供查阅，我会拿您哥哥的照片去比对一下……"

南还没说完，芳江的脸色已经变了，于是南又换了个话题。

"还请您详细回忆一下您哥哥失踪当天穿的衣服。"

芳江一边回忆一边描述，南则在笔记本上认真地记录着。

又问了几个简单的问题后，南站起身来对芳江说：

"那么，就请您明天早上把刚才说的那几样东西带来。"

芳江也连忙起身，准备告辞。

这时，南却突然凑了过来，压低声音说：

"还有一件事，恐怕您还不知道吧。"

"您说什么事？"

"有人跟踪您？"

"什么？跟踪我？您是怎么知道的？"

"当然是刚才在窗前看到的。实不相瞒，您一拐过对面的街角我就注意到您了，一个三十五六岁的男人一直站在街对面，目送您进了我们事务所的大门。那家伙的跟踪手法很老道，一看就是专业人士，难怪您一点也没发现。"

"确实，我一点也……那，那人还在那里吗？"

一听说有人跟踪自己，芳江立即紧张起来。

"我去看一下。"

南说着又回到了窗前，躲在窗帘后面窥视了一会儿之后，笑着回到了芳江面前：

"已经走了。您可以放心回家了。"

芳江告辞出来的时候，街上已经是灯火通明了。她快步走到街角，停下来不住地四下打量，过了好一会儿，确认确实没有人跟踪自己，才松了一口气，快步朝家里走去。

侦探的会面

南重吉说自己曾经在警视厅工作过，这话倒也不假。他在警视厅也曾经小有名气，但是他总喜欢打一些擦边球，为此不止一次地接受过调查。最后一次，事情闹得太大，上司也保不住他了，于是他只好离开了警视厅，自己在银座开了这家侦探事务所。

"就从桃子酒吧下手吧。相马良介到底为什么突然离开了酒吧，真下幸彦又为什么会那么担心地追出去，这里面一定有问题。"

当天晚上，南躺在床上，盘算了调查的计划。

第二天一早，相马芳江就把哥哥的贝雷帽、照片和画册等东西都送来了。南打算戴上贝雷帽，背上画册去桃子酒吧。但是酒吧那种地方，总不好一大早就去。于是，他决定先去一趟警视厅，查对一下相马良介的照片。

警视厅是他工作过的地方，熟人很多，所以没费什么工夫就直接来到了走廊尽头的鉴定科的档案室。

进了档案室，南跟管理员打了个招呼，打开了架子上的抽屉，开始查对相马良介的照片。这里就跟图书馆的图片阅览室差不多，架子上有很多抽屉，里面装满了贴着死者照片的卡片。南耐心地逐一查对，用了足足三十分钟，并没有发现跟相马良介相似的死者照片。

"调查范围又缩小了一点。"

南这样想着离开了档案室。

沿着走廊往回走的时候，恰好经过花田警部的办公室。花田警部是南之前的搭档，也许能从他那里打听到什么有价值的消息，这样想着，南推开了花田警部办公室的门。

"哟，南，好久不见。"

花田警部起身相迎。

"我接到一项查找失踪人员的委托，所以来档案室查对一下不明身份死者的照片，顺便来拜访你。"

"快坐，听说你离开警视厅后，私家侦探生意十分红火啊，哈哈哈……"

"马马虎虎还算过得去。不过上头没人管着，倒也逍遥自在。"

"真让人羡慕啊。你看我们这些警察，比你辛苦得多，赚的可是连你的零头都不到啊，哈哈哈……"

花田警部跟南差不多大，都是三十五六岁，胖乎乎的，但身体十分结实。由于长期在外查案，整张脸都被晒得黑黝黝的，虽然此时西装革履，但怎么看都更像是个老农。

"但是，你也还是乐在其中吧？可别不承认啊，哈哈哈……说白了，我不过是替人跑跑腿，找几个失踪人口，要不就是查奸情，哪能跟你比啊。"

正说着，门外传来了敲门声，然后一个男人走了进来。

"哎呀，真是太巧了。南，这可是你的同行啊。"花田警部看了一眼来人，马上喜上眉梢，"你可是稀客啊，今天是什么风把你吹来了？"

"这家伙来得真不是时候，我正准备从花田这里套点话呢。"

南不明所以，也跟着转过身来看向来人。

"南，我来介绍一下。这就是日本第一大侦探，明智小五郎。"

"初次见面，请多多关照，我叫南重吉。"

"我是明智，初次见面，也请您多多关照。"

"什么？这就是日本第一大侦探明智小五郎？"南的心中波涛翻涌，"他可不是自己这种靠寻人和查婚外恋混日子的家伙。他破获的大案简直数不胜数。他今天来，难道……"

正想着，明智已经开口了：

"我今天来是因为接受了一项寻找失踪人口的

委托，所以来麻烦您来了。"

"什么？明智大侦探也会接这样的委托？"

南不由得竖起了耳朵。

花田警部和明智似乎并不在意南的旁听。

"失踪者叫岛田友子，是一个年轻女子。据说大学时代曾参加过激进的社团，有一定知名度。"

"原来是那个案子啊。我们警方也正在排查。"

"岛田友子的哥哥叫岛田敏雄，是某大学的教授，也是我的好友。所以这次发现妹妹失踪后，他不但报了警，也委托了我。"

"有什么线索吗？"

"岛田友子好像在热海的镜浦跳海自杀了。悬崖上的树林里发现了她的衣物和行李。不过因为被附近的渔民捡走了，所以发现的时间被大大延后了。不过，她好像是二月二十六日自杀的。"

"要是自杀的话，不就可以结案了？"

"因为还有很多疑点，所以不能就此结案，调查工作仍在进行。"

"二月二十六日？相马良介是二月二十五日晚

上失踪的。前后只差一天，难道只是巧合吗？"

想到这里，南忍不住开口道：

"花田，我现在也在调查一起失踪案。是二月二十五日晚上失踪的，跟这个案子只差一天。"

"是相马良介吧？"

"你怎么知道的？"

"那个案子也是我负责。但是手里的案子实在太多了，还没来得及深入调查。我已经交代部下去做初步的调查了，但是到目前为止还没有什么有价值的线索。"

"原来如此，昨天跟踪相马芳江的应该就是花田的部下了。要是被警方抢先找到了相马良介，这单生意可就黄了。好在他们现在也没什么进展。"

南暗忖着，装出一副若无其事的样子对花田警部说：

"原来如此。我既然已经接受了委托，总要忠人之事。我们倒是可以互通消息。"

"好啊。对了，你刚才去鉴定科档案室查对不明身份死者的照片，就是为了这事吧？我们已经查对过了，里面没有相马良介。"

"是啊，是啊。"

南嘴上应付着，心里却在盘算：

"花田这家伙手里的案子肯定不少，只是他那些部下的话可不是我的对手。既然已经知道他们也没有什么有价值的线索，还是尽早告辞吧。"

想到这里，南起身告辞，离开了警视厅。

之后又过了一会儿，明智也告辞离开了。

乔装调查

当天晚上八点左右，南出现在了桃子酒吧门外。

他戴着相马良介的贝雷帽，腋下还夹着他的画册，推开了桃子酒吧的玻璃门。

酒吧很小，吧台只能坐下两三个人，现在一个客人也没有。只有一个女人站在吧台后面，应该就是老板娘了。

"喂，相马，你到底上哪儿去了？……哎呀，对不起，我认错人了。不过，你们两个长得太像了。"

这正是南预期的效果，这身打扮替他省去了许多搭讪的麻烦。

"你说的大概是相马良介吧？"

"是啊，你们两个太像了。"

"那是自然，我是他的堂兄。"

"怪不得呢。你也画画吗？"

"不，我是美术杂志的编辑。"

南要了一杯酒喝了起来。这时，放在他手边的画册引起了老板娘的注意。

"这画册好眼熟啊，是相马的吗？"

"嗯。"

南把画册递到老板娘手里。老板娘打开画册，一张一张地翻看起来。

"应该足以让她相信我跟相马良介是堂兄弟了。"

这样想着，南开口了：

"我和相马不仅是堂兄弟，还是酒友。可是最近那家伙不知跑到哪里去了，搞得我喝酒连个伴儿都没有了。"

"我也正为他担心呢。你也不知道他在哪里吗？"

"没有人知道他的去向，就连他的亲妹妹也不知道。"

"妹妹？你是说芳江小姐？"

"是啊，你怎么知道得这么清楚？"

"他喝酒时经常提起嘛。"

"关于相马的失踪，你有什么想法吗？实不相瞒，我今天来，就是为了打听他的下落。已经两个多月了，我们毕竟是一家人，不可能不担心嘛。"

"相马虽然一喝酒就发酒疯，但其实是个没什么坏心眼的好人，是个天真单纯的艺术家……"

"说到发酒疯，他那天晚上是不是跟幸彦打起来了？听说幸彦还被他打出了血，是真的吗？"

"是啊，我当时都不知道怎么办才好。相马他突然昏了过去，人事不省地躺在地上……"

"果然不出所料，真下幸彦对相马芳江有所隐瞒。"

南心里暗自吃惊，但表面上还是不动声色。

"出手那么重吗？"

"倒也不是。相马发疯似的扑了过去，真下只是下意识地挡了一下，把他推开了。没想到相马喝得太多了，脚下一个踉跄就仰面摔了过去，结果后脑撞在了洗手池的角上，才会一下子昏死过去的。"

"原来如此，后来呢？"

"我往他脸上泼了些水，他才醒了过来。他爬起来以后就趴在吧台上一动不动。过了一会儿，突然站起来，一句话没说就出去了。"

"嗯……他的脑袋不会撞坏了吧？"

"我也很担心，就跟真下说了。他立即就追了出去，但是好像也没能找到他。你说，会不会是那个……那个……叫什么来着？哦，对了，失忆症！我听说如果脑袋遭受重击，就有可能失去记忆呢。所以相马他才会连自己是谁、家在哪里都不记得了。"

"这可是重大线索！相马芳江对这些都一无所知，真下幸彦没告诉她。他会不会还隐瞒了别的什么连老板娘也不知道的事情？看来要会会这个真下幸彦了。不过，先不急，再套套老板娘的话。"

想到这里，南附和道：

"嗯，也不是没有那种可能。可是，不是已经在报纸上登了寻人启事了吗？也报了警。怎么这么长时间了还是一点消息都没有。说到报警，警察来过了吗？"

"没有。"

"说不定他们只是装作一般的客人来打探情况。"

"你是第一个来打听相马的人。真下倒是来过两次，我们聊了很多。但是……"

老板娘见南好像在想什么，就没有继续往下说，

"奇怪！花田竟然没派人来这里调查？看来，他根本就不重视这个案子，只是随便让手下人应付一下。或者，他已经来过了，只是老板娘根本就没有察觉？这老板娘可不是个口风紧的主儿。"

南一时也拿不准到底是哪一种情况了。于是，他干脆换了个问题：

"他们那天到底是为了什么事大打出手呢？恐怕不只是艺术观点不合吧？"

"好像是因为芳江的婚事。她和真下不是已经

订婚了吗？相马也已经同意了。但是事到临头，他好像又反悔了。这才惹恼了真下。"

原来如此。

第二天下午，南还是那副美术杂志记者的打扮，出现在了银座志摩珍珠商店的门前。橱窗里，一个年轻的画家正在聚精会神地做着背景装饰。

巨大的黑丝绒布上贴着一张足有实际尺寸两倍大的美女头像。那美女穿着一件华贵的低胸礼服，裸露在外的修长脖颈上戴着引人注目的珍珠项链。

年轻人正在调整照片的位置。大概是感觉到了出窗外的目光，下意识地回头看了一眼。

这就是南要找的真下幸彦。

看到头戴贝雷帽的南，幸彦的眼睛突然瞪大了，很明显一副大吃一惊的样子。

这是南预料之中的效果，他已经知道乍看之下自己有多像相马良介了。

他对着橱窗里的幸彦笑了笑，对方这才发觉自己认错了人。

南向幸彦招了招手，把他叫了出来。

"您是真下幸彦先生吧？我想向您打听一下相马良介的事。能不能请您抽出二十分钟，咱们到对面的咖啡馆谈谈。"

"您是？"

"我是侦探，叫南重吉。您大概已经从芳江小姐那里听说了吧？"

幸彦确实已经从芳江那里知道了她请私家侦探的事。虽然他压根儿就不相信所谓的私家侦探，但对方主动邀请，也不好拒绝。

两人来到咖啡馆，在二楼的角落里坐了下来。

南开诚布公地说了芳江来委托他的经过，以及到目前为止自己的调查成果。

"那天晚上您追出酒吧大概是几点？"

"确切时间我说不上来，但大概是在十点左右吧。"

"您赶到千早町的画室又是几点呢？"

"十一点左右。"

"您是坐出租车去的吧？"

"是的。"

"从新宿到千早町，坐出租车的话，二十分钟足够了吧？"

"是的。"

"这么说，您在那么冷的下着大雪的夜里，足足在街上找了四十分钟。明明被他打了，您为什么还要去找他呢？"

"他只要喝了酒就会发酒疯，大家都知道，所以我也不会跟他计较。而且那天那么冷，万一他醉倒在什么地方，会冻死的。"

"算了吧，别撒谎了。我昨天已经去过桃子酒吧了，老板娘什么都告诉我了。相马良介摔倒的时候后脑撞到了洗手台的角上，当场就昏死了过去。这么重要的情况，你为什么不告诉芳江小姐？"

幸彦顿时脸色惨白，他别过头去，躲开南的视线，一口接一口地猛吸着烟，过了好一会儿才说：

"他是芳江的哥哥，我不想让她知道这件事。我又不是故意的，他那么凶地扑过来，我只是下意识地挡了一下。谁知道他喝得那么醉，又恰好撞到了头，我也没想到……"

南一直盯着幸彦，但幸彦连跟他对视的勇气都没有，一直躲闪着他的目光。

"这种理由能说服芳江小姐吗？既然没有恶意，又为什么要隐瞒呢？我看，你是有什么其他的动机吧？"

"什么，你不要胡说！"

"告诉你，我已经调查得清清楚楚。那天晚上，你有足够的理由置他于死地。因为他不同意你和芳江小姐的婚事！"

虽然楼上并没别的客人，南还是凑到幸彦面前，压低了声音说道：

"因为那样，你才怒不可遏，把他推倒在地。你随后追出去，也是因为余怒未消，想要追上他，把他痛打一顿。不然的话，根本说不通，一个刚刚被打到流血的人，怎么会在那种下着大雪的夜里，花那么长时间去找那个打他的人。相马良介至今都没有出现，看来，你的目的达到了，对吧？"

"你胡说什么！我绝对做不出那种事情！良介

确实说过不同意妹妹嫁给我，所以我才没告诉芳江。但是做哥哥的根本无权决定妹妹的婚事。总之，我对自己所做的一切问心无愧！"

幸彦气得浑身颤抖。

以南老道的经验，自然看得出幸彦不是在说谎。但是，他并不准备就此放过他。

"好吧，姑且就相信你说的。毕竟我也没有确凿的证据。不过，要是你想洗清自己的嫌疑的话，今天晚上十点来桃子酒吧，我们在相同的时间出发，按照你那晚的路线再走一遍，那样，我就知道你那四十分钟都干了些什么了。而且，说不定就能找到什么重要的线索。怎么样？"

"好，我愿意奉陪。"

"那么，今晚十点，不见不散。再顺便问你一句，那晚还有什么值得注意的事吗？不管在你看来多么微不足道都没关系。"

幸彦想了一会儿，好像想起了什么：

"对了，今天有个漂亮的小姐来过店里，问了些奇怪的问题。"

"什么问题？"

"她问店里有没有一个叫相马的画家。我虽然大吃一惊，但还是装作若无其事的样子问她：'您说的这位画家全名叫什么？'可是，她好像根本不知道相马的名字。于是我就说：'是相马良介吗？'她马上点头，问我：'他是在志摩珍珠商店工作吗？'我告诉她：'不是的。你要找相马良介的话，他是我的朋友，但是前些日子就已经失踪了。'她一听我这么说，好像吓坏了，慌慌张张地走掉了。南先生，这件事您怎么看？"

"哦？还有这样的事？好像被人捷足先登了啊……那女人什么样子？看起来结婚没有？"

"看样子不像结过婚的。衣着整齐，穿戴讲究，像是个白领。绝对属于'漂亮女孩'的类型。"

"这样的女人绝对不可能是花田的部下。而且花田的部下也绝对不可能说不出相马良介的名字。还有，她一听说相马良介下落不明就惊慌失措，这到底是为什么？看来，除了我和警方，还有其他人也在关注相马良介的情况。恐怕不是这个女人，她背后应该还有什么人。这案子越来越有意思了，我好像已经嗅到了阴谋的味道……"

南下意识地抽动鼻子，眼中射出了锐利的光，像是一只发现了猎物气息的猎犬。

交叉点

当天晚上十点，南重吉和真下幸彦在桃子酒吧喝了杯酒之后，从酒吧门前出发，沿着那天晚上幸彦走过的路线开始了调查。

每到一个路口，幸彦就努力回忆当时的情形，带着南一路兜兜转转，有时同一个路口会经过好几次。

"就在这里，当时，我在这里被一个暗娼纠缠，好不容易才脱身。对了，说到暗娼，有一个很特别，她当时就在高架铁桥下的十字路口。"

幸彦说着加快了脚步，两人转过几个路口，来到了新宿的大街上。此时街上还有不少行人，车也很多。一眼就可以看到那座高架铁桥。

"就是这里。那天晚上很冷，又下了大雪，可没这么多人。我就是在这里撞上了那个姑娘。我原本急着找良介，根本顾不上其他的，但是她实在是太特别了，所以印象很深。"

"你说的特别是指？"

"她虽然长得很漂亮，还化了浓妆，但是腿有残疾，拄着双拐。还有，她穿了一件大红色的毛衣，大冷天也没有穿外套。因为喝了酒，又很着急，所以那一下好像撞得很重，她躺在地上好半天才爬起来，而且疼得直皱眉头。我看她怪可怜的，就塞给她一千块钱。"

"太好了，这是很有价值的线索。特征这么明显，那姑娘应该很好找。说不定那晚她也见过相马良介呢。"

果然，又走出不远，两人就远远地看到了那个姑娘。她还是穿着那件大红色的毛衣，腋下挂着双拐。

"喂，你还记得我吗？我想问你点事。"

幸彦几步就赶了上去，又掏出一千块钱塞给了那个姑娘。

那姑娘一开始满脸戒备，等看清是幸彦，马上就高兴了起来：

"是您啊！上次也给了我一千块钱的好心人。"

南不动声色地往前挪了两步，让路灯的光可以照到自己的脸。

"啊，还有您。那天，您好像喝了很多酒，还摔倒了。后来，您就钻到停在路边的一辆车里去了。不过那可不是什么出租车，是辆私家车。我还挺担心的。之后怎么样了？"

这姑娘虽然身有残疾，但记忆力似乎很好，而且心直口快，没什么城府。

"实话告诉你吧，我可不是那天晚上你看到的那个人。你看到的是我的堂弟。就在那天晚上，他失踪了，我们现在就是在找他。请问那天晚上你是在哪里见到他的？"

"就在那里，高架铁桥下的十字路口往前一点儿。那天晚上下着大雪，冷得要死，所以路上根本没什么行人。好不容易才等到一个人，所以虽然他看起来不像有钱的样子，但我还是决定上去试试。不过他的样子实在是很奇怪，虽然醉醺醺的，但是又好像不只是喝醉了那么简单。脚底下跟跟跄跄的，好像随时都会倒在地上。跟他说话也没有任何反应。他摔倒之后还是我把他扶起来的呢，可他还是一句话不说，跌跌撞撞地往那边去了。"

"嗯，那后来呢？"

"我放心不下，就一直在后面看着他。他走路的样子真的很奇怪，就这样一路跌跌撞撞地到了那边的那个十字路口。路边停着一辆私家车，很气派，应该是很值钱的那种。但是车上没人，车也没锁，他就那么拉开车门钻了进去，还从里面把车门关上了。我想他一定以为那是辆出租车吧。又过了一会儿，那辆车的司机回来了，他好像并没有发现车上有其他人，直接发动车子开走了。"

"开车的是车主还是司机？"

"应该是车主吧。因为那人穿着十分讲究。"

"那车怎么会停在那里呢？"

"哦，那是因为那车跟一辆卡车发生了追尾事故，两辆车的司机都被那边岗亭里值班的交通警察叫了过去。"

"哦，就是路口那个岗亭吗？"

"是的。"

没想到竟然如此顺利，简直太幸运了。两人向姑娘告辞，快步往岗亭走去。

南出示了自己的证件，并说自己曾经在警视厅工作，希望与二月二十五日晚上处理交通事故的交通警察见面。

那名警察恰巧也在，于是他们就拜托他查找当天晚上的出警记录，很快就弄清楚了那辆私家车车牌号码及车主姓名——伊势省吾。

"看来，这个伊势省吾从岗亭出来，并不知道相马良介钻进了汽车的后座，在毫不知情的情况下把车开走了。但是，那后来又发生了什么事呢？可以确定的是，相马良介至今下落不明，那天晚上肯定还发生了什么不为人知的事。看来，有必要好好调差一下这个伊势省吾了。"

离开警务站时，南在心中默默盘算着。他觉得在真下幸彦身上已经不会再有有价值的发现了，于是便打发他先走了。

同一个目标

那天晚上，虽然一路上意外不断，伊势省吾还是有惊无险地处理掉了两具尸体。晴美的行动也异乎寻常地顺利，完全达到了他们当初预期的效果。但即便如此，两人还是在巨大的精神压力下日渐消瘦，几乎每天晚上都会做噩梦。

那天晚上，晴美顺利赶上了末班火车，在午夜前赶到了热海，然后在车站附近一家叫"不二屋"的旅馆住了下来。旅客登记簿上写的自然是岛田友子的姓名及其住址。为了防止笔迹露出破绽，她还找了个借口，请旅馆的工作人员代为填写。

第二天一大早，她就独自一人偷偷溜出了旅馆，在路上出现行人之前就钻进了镜浦悬崖边的一处密林中，将岛田友子的衣物凌乱地扔在悬崖边，然后换上自己的衣服，拎上自己的手提包，变回自己本来的模样，坐上火车回到了东京。

岛田友子在大学毕业后仍然热衷于激进派社团的活动，经常外出串联活动，所以最开始的时候家人并没有特别在意。可一个多星期过去了，还是没有半点消息，大家这才担心起来。向她的朋友、同学打听之后，得知她二月二十五日回了东京，自此之后便音信全无。

岛田友子的哥哥岛田中雄教授立即报了警。警视厅向各地警署发出了协查通知，热海警署自然也收到了。

很快，热海警署就查到了二月二十五日晚上岛田友子在不二屋旅馆的住宿记录。根据旅馆工作人员的回忆，自称岛田友子的客人的相貌和穿着与警方掌握的情况几乎完全吻合。第二天一早，岛田友子离开了旅馆，此后便失踪了。

晴美扔在镜浦悬崖边树林里的衣物直到一个多月之后才被发现。原来，附近一个渔民捡到了这些东西，但那家伙见财起意，看四下无人，就把东西都拿回家里藏了起来。当然，他不可能想到这些东西竟然跟一宗命案相关，自然也就没有去报警。直到一个多月后，因为手头拮据，他想把这些东西拿去当铺换钱。当铺发现渔民拿来的东西跟协查通告上描述的简直一模一样，于是报了警。

热海警方立即赶到当铺，把那名渔民带回了警署讯问。渔民坦白，这些东西都是在镜浦悬崖边的树林里捡到的。热海警方一方面派出警力勘察现场，另一方面马上将这些东西都送到了东京警视厅。岛田教授经过仔细辨认，确认这些都是岛田友子的东西。但是镜浦沿海的搜查一无所获，警方当然不会找到尸体。但是考虑到这一带的海流很急，所以尸体很有可能被冲到了大海深处。最终，热海警方判定：岛田友子跳海自杀了。

"友子为什么要自杀？"

作为哥哥的岛田教授无法接受这样的结论，于是求助于自己的老友，大侦探明智小五郎。

"嗯，是啊，疑点确实不少。没有发现尸体，也没有明确的自杀的动机。看来，有必要进行更深入的调查。入住热海不二屋旅馆的女人就是友子小姐吗？仅凭登记簿上的几行字就做此结论，是不是太草率了一点。友子小姐从静冈到东京的行程也需要调查清楚。"

"拜托了！"

岛田教授离开侦探事务所后，明智立即前往警视厅，找到了花田警部，请求协助复查岛田友子的失踪案。当时，南重吉也在花田警部的办公室里。

明智对南的事有所耳闻，知道他曾在警视厅供职，虽然有一定的能力，但总是喜欢打擦边球，所以对他的评价可以说两极分化。

第二天，明智去了静冈，拜访了岛田友子的同学和激进派社团的成员。

"想必大家已经听说了，友子小姐在回东京的途中，在热海住了一晚，然后于次日清晨在镜浦跳海自杀了。我想听听大家对此事的看法。友子小姐有可能自杀吗？或者说，她从这里离开的时候有没有什么异常的表现？"

"没有，根本没有。我们都觉得奇怪，友子为什么会突然自杀？这根本说不通啊。她跟我们告别的时候一切正常，一点也看不出想要自杀的迹象。"

"那么她去热海是有什么公干吗？我是说，跟你们社团有关的。或者，她有没有提起过去热海的打算？"

"没有。不过，如果只是私事或者突发奇想的话，我们自然也就不会知道了。"

"那她有没有说起过，这次回东京是有什么事吗？"

"这个嘛，她倒是曾经提起过，说是要教训一下晴美。"

"晴美？"

"嗯，全名叫冲晴美。大学时期原本也是我们社团的成员，后来退出了。不过她在社团的时间很短，也没有担任过什么职务，完全就是个凑数的，所以我们根本就没把她的事放在心上。"

"但看来友子小姐似乎不这么想。"

"这个嘛……毕业应聘的时候，晴美得到了友子梦寐以求的职位。而且友子之所以那么看重那次应聘，其实是因为来招聘的伊势商社的社长不但是我们的学长，更是友子一直暗恋的对象。"

"伊势商社？"

"对，伊势商社。社长叫伊势省吾，因为父亲意外身故，年纪轻轻就成了在业内小有名气的伊势商社的社长。"

"他也是你们社团的成员吗？"

"不不，他跟我们社团一点关系都没有。"

"看来有必要调查一下这位伊势社长了。"

明智这样想着，与大家告辞，回到了东京。

几乎与此同时，南的调查也指向了伊势省吾，两人盯上了同一个目标。

自那晚之后，已经过去了两个多月，伊势省吾一直惴惴不安，特别是莫名其妙地出现在后座上的尸体，实在是让他百思不得其解。他从尸体的衬衣领口得知，那家伙大概姓相马。尸体衣服的口袋里还有一本银座志摩珍珠商店的广告画册。

晴美去了商店一趟，想要打探一点消息。结果发现死者是一名叫相马良介的画家，但是他并不在那家商店工作，而且那个自称相马良介朋友的人告诉晴美，相马良介已经失踪了。

"那家伙怎么会出现在我的车里？家属说不定已经报警了。一旦警方展开调查，说不定就会把我牵扯进去。虽然人不是我杀的，但毁尸灭迹的事是无论如何也解释不清楚的。更何况还有岛田友子的事，他们的尸体可是在一起的，只要发现了这个相马良介的尸体，岛田友子的事就再也瞒不住了，后果简直不堪设想……"

每每想到这里，省吾就会冷汗直流，焦躁不安。

"还有，那些把尸体扔在我车上的家伙，说不定已经记下了我的车牌号码……更要命的是，当时在路口发生了追尾事故，值班的交通警察已经把我的姓名、住址和车牌号码都记了下来……

"不，不要紧。只要我和晴美矢口否认，他们也没有直接的证据。虽然警方可能会推断出我是往青梅方向去了，但是那么笼统的推论是没有任何意义的，因为他们无论如何都想不到藤濑水库底下的秘密。

"如果警方一直盯住不放，反复盘问，我能顶得住吗？说不定我会彻底崩溃，说出一切的。不，无论如何我都要坚持到底。只要事先准备好应对的策略就没什么可怕的。毕竟他们没有任何确凿的证据。"

想到这里，省吾终于稍稍放松了一些。

就在这时，外出的晴美回来了。

"已经五点了，下班吧。"

"好啊，咱们去吃晚饭吧，我还有些事情要跟你商量。"

省吾说着站了起来。

三十分钟后，凯迪拉克停在了银座的一家法国餐厅门前。两人要了一个小包间，相对而坐，开始用餐。

"我还是放心不下，警方恐怕已经开始调查相马的案子了。如果他们能够破案，就一定会查到他的尸体被塞进了我的车里。这样一来，我们肯定会被传讯的。也许要过一段时间，也许就在最近，当然，最好是永远不会发生。但是，不管怎么说，我们都要先做好准备，统一口径。

"就说那天晚上我在你那儿留宿了。这是我们事先约好的，所以你能很自然地应对。而且还可以跟警方说一些细节，比如我们吃了什么，这样就更可信了。

"但是，这里有一点小麻烦。那天晚上，因为路口的追尾事故，我的相关信息都被值班的交通警察记了下来。这些，只要调查，他们肯定会查出来的。与其那样，还不如我们直接告诉他们。我准备这么说：那天晚上九点半左右，我曾一度打算回家，途径新宿大街的时候发生了追尾事故。而且因为卡车司机胡搅蛮缠，搞得我心情很糟，于是改变了主意，又回到了若叶公寓。然后我们两个就一起待到了第二天早晨。我回到若叶公寓的时间嘛……就说是十点多一点。

"如果警方问我为什么回若叶公寓却把车开向

了青梅方向，就说是因为心情烦乱，一时间开错了方向，在前面路口调头了。

"也许他们还会问，相马良介的尸体在你的车里，你怎么处理了？我就一口咬定什么都不知道，根本没见过什么尸体。即便他们找出目击证人，只要我坚持没有这回事，是那人看错了，没有直接证据，他们也没有办法。

"当然了，这些都跟你没有直接关系，你只要记住我刚才跟你说的我离开和回来的大致时间就可以了。跟你说这些，只不过是让你心中有数，不必太过担心。"

"我明白了。你考虑得真周到。"

晴美信赖地看着省吾。

吃过晚饭，两人驾车往若叶公寓驶去。就在快到公寓大门的时候，省吾突然看到路边的围墙下站着一个人影。车灯掠过的一瞬间，省吾惊恐地瞪大了眼睛——是相马良介！

怎么可能会是他？他怎么会突然出现在这里？

不等省吾反应过来，车灯已经在那人身上一掠而过，什么都看不到了。

突然的变故让两人都半天说不出话来，沉默不语地走进了晴美的房间。

"是他！"

一关上房门，省吾就满脸惊恐地说道。

"谁？"

"相马良介！"

"怎么可能，他不是已经死了吗，尸体被你埋在了水库底下，怎么可能出现在这里？是你太紧张，出现了幻觉吧？"

"不，绝对不是幻觉。"

"我想起来了，那人最近来过公司。"

"什么？来过公司？什么时候？"

"一个星期前。当时你不在。他在走廊叫住我，问我是不是伊势商社的人。我说是的。他又问'社长在吗'？我告诉他'社长去外地出差了'。他又说'听说伊势商社有一个藤濑石采石场，其实我是建筑承包商，想买藤濑石'。"

"你是怎么回答他的？"

"我就如实告诉他，采石场已经废弃了，那里被政府征用，现在已经是藤濑水库了。"

"嗯，后来呢？"

"他说太遗憾了。还问我知不知道其他什么地方能买到藤濑石。我说不清楚，要社长回来才能告诉他。于是他就说下次再来。我本以为这事就此结束了，没想到他又说，你们社长之前经常去藤濑采石场吧？我突然觉得他的目的恐怕不那么单纯，就找了个借口溜走了。可是，你说那是相马良介……"

一种不祥的预感袭上了晴美的心头。

"果然有问题。那家伙肯定有所图谋。如果不是相马良介，又长得这么像，难道是孪生兄弟？先是公司，现在又是你家，那家伙到底要干什么？而且，他好像已经盯上了藤濑水库，这难道只是巧合吗？"

省吾也感到了危险的临近。

"之前我让你去银座的志摩珍珠商店打探相马的事，因为恰好碰上了相马良介的朋友，所以不得不放弃了。但是现在，突然冒出来这么个家伙，恐怕我们不得不再调查一番了。看来，要隐瞒一宗命案果然不是件简单的事啊。真是一波未平一波又起。好像有人说过这么一句话，大概的意思是'罪犯是这个世界上最忙的人'，看来果然如此。

"岛田友子的事并不是我们事先计划好的，事发突然，才会这么麻烦。但是，我们已经没有退路了，只有坚持到底。如果现在认输的话，打从一开始就没必要担惊受怕地做这么多事。更何况，即便现在就去自首，因为之前做的那些事，案子的性质已经完全不同了。所以，跟我一起再赌一次吧，看看老天是不是还站在我们这一边。"

晴美惊恐地瞪大了布满血丝的双眼，只觉得自己被一种莫名的恐惧紧紧地攥住了。

明智登门拜访

第二天，伊势省吾照常去公司上班。晴美比他到得更早，已经开始在办公室里忙碌了。两人尽量装出和平时完全一样的言行做派，不让任何人发现一丁点的破绽。

但是即便表面上装作若无其事，毕竟有这么大的心事，不管是客户来访还是职员的报告，省吾都根本无心处理。

整个上午就这么过去了，到了下午，省吾突然灵光一闪，想到了一个办法。

"相马良介既然是画家，一定跟那些美术杂志有联系，说不定可以从杂志社打听到他的情况。"

　　他让晴美去附近的书店买来好几种美术杂志，一页一页地翻看起来。但是直到翻完最后一本，也没能从上面看到相马良介的名字。

　　省吾还不死心，又从电话簿上查到了东京最大的美术杂志社的电话，打电话过去，自称想要购买良介的画，询问对方是否知道良介的住址和联系方式。

　　对方好像还不知道相马良介已经失踪的事，没有多问，就把住址告诉了他——丰岛区千早町。

　　省吾在地图上找出千早町的位置，原来是在池袋方向，于是打算立即去那里走一趟。他不会易容术什么的，也不打算化装，跟手下的职员打了个招呼就驾车出发了。

　　千早町一带一直是各类艺术家聚居的地方，相马良介原先租住的画室已经换了新的租户。那人也是个画家，对相马家的情况知道得相当清楚。据他说，相马良介一直和妹妹一起住在这里。妹妹的未婚夫是一名美术商。哥哥良介失踪后，她就从这里搬了出去，跟那个美术商同居了。遗憾的是，那个美术商叫什么他就不知道了。省吾又向周围的邻居打听了一下，也没能得到更多的信息。

突然，一个念头在他的脑海里闪过：

"会不会就是那个晴美在志摩珍珠商店遇到的，自称相马良介朋友的人？那样的话，只要回去问一问晴美就知道那人的长相了。可惜不知道他叫什么名字，不过只要到邮局问一下，或许能打听到相马良介的妹妹留在邮局的新地址。"

省吾找到附近的邮局，直截了当地打听他想知道的情况。因为他穿戴讲究，又开着豪车，邮局的工作人员根本就没有起疑心。

相马良介的妹妹叫相马芳江，现在的住址是涩谷区代代木真下幸彦的公寓。

"这就够了。相马良介的情况也打听清楚了，他妹妹的行踪也找到了，而且应该没错，晴美在志摩珍珠商店见到的那个人应该就是她妹妹的未婚夫，叫真下幸彦。

"虽然还不清楚相马良介的尸体为什么会出现

在我的车里，但是继续调查下去的话随时都有暴露的可能，太危险了。今天就到此为止吧，先回家去。每一步行动都要深思熟虑，千万不能莽撞。"

想到这里，省吾往自己在目白的家驶去。

刚一进家门，用人就报告说有客人来访，而且那人自称是为了晴美小姐的事专程来访。

"晴美？她出什么事了？别慌，看看情况再说。"

省吾让用人把来人请到会客室。

"伊势社长，我是明智小五郎，是个侦探，受岛田友子亲属的委托，正在调查岛田友子失踪的案子。我是从静冈那边听到，晴美小姐和友子小姐是大学同学，还曾经在同一个社团，所以想着也许能从晴美小姐这里打听到什么有价值的线索，才会冒昧登门拜访。而且，我还听说您和晴美小姐正在热恋中，所以如果可以的话，也想跟您随便聊聊。"

明智一上来就开门见山。

"什么？明智小五郎？就是那个日本第一名侦探明智小五郎？他怎么会掺和到这个案子里来？而

且，他已经去静冈调查过了，知道了晴美和岛田友子的过节，甚至还找到了我的住址……"

省吾竭尽全力维持着表面的平静，但内心已经是波涛汹涌，脑子里更是一片空白。过了好一会儿才恢复了过来。

"是的，正如您了解到的，我和晴美确实正在恋爱。但是岛田友子的事，我不太清楚。"

他的第一反应就是跟岛田友子划清界限。

"晴美小姐是否向您提起过岛田友子小姐失踪的事情？"

"没有。恋人之间怎么可能把这种事情当作话题。"

再次明确地划清界限。

"您应该也认识岛田友子小姐吧？"

"我听说过这个人，我们曾就读于同一所大学，但仅此而已。"

"想必您已经知道，岛田友子小姐于二月二十五日失踪，至今下落不明。"

"她不是第二天一早在热海镜浦的悬崖跳海自

杀了？"

"警方甚至出动了潜水员，却还是一无所获。镜浦那一带风高浪急，还有汹涌的海流，一旦被卷进去的话，真不知道会被冲到什么地方。况且那已经是两个多月前的事了，找不到尸体也是正常的。其实，像这种让人找不到尸体的死法，对于想要自杀的人来说有一种莫名的吸引力。镜浦会成为自杀的胜地，恐怕跟这个有很大的关系。"

说到这里，明智的嘴角露出了一丝不易察觉的笑。稍一停顿，他又继续说道：

"其实啊，这种情况不但对自杀者有吸引力，也是最理想的杀人之处啊。把目标骗到悬崖边，然后乘其不备，一把推下悬崖，让大海帮忙处理尸体。怎么样？听起来不错吧？那一带甚至不会有渔船经过。悬崖上是一片密林，距离大路也还有一段距离，所以也不必担心被人目击到作案经过。我经常想，这里应该发生过很多连警方都不知道的，或者即便知道了也无从下手的命案吧。毕竟，对于杀人犯来说，最伤脑筋的就是处理尸体。只要能将尸体妥善地处理掉，破案的机会就微乎其微了。从这个意义上讲，镜浦实在是最理想的作案场所了。"

明智滔滔不绝地长篇大论，省吾一时间根本搞不清楚眼前这位日本第一名侦探到底想要说什么。

"他为什么要跟我说这些？难道是在试探我？看来他果然已经怀疑我了，啰啰唆唆地说这么一大堆，就是想看看哪句话可以引起我的反应。嗯，一定是这样的，所以他才会一边说一边死死地盯着我看。

"怎么办？假装听不懂？还是发一通脾气，然后下逐客令？恐怕都很难打发这位大侦探。暂时还是静观其变吧。"

想到这里，省吾不住地点头，装出一副大为佩服的样子。

"因为职业的关系，我曾经专门研究过处理尸体的各种方法。几乎所有的凶手都想让尸体尽快消失，于是绞尽脑汁地寻找毁尸灭迹的万全之策。

"很多人会近乎下意识地把尸体分割成许多块，然后去不同的地方抛尸，也就是我们常说的

'碎尸案'。其实，这种做法往往适得其反。他们天真地以为把尸体分割得越小，被发现的可能性也就越小。这充分反应了凶手杀人过后的无可奈何的心理。

"把尸体深深地埋进地下？地面被翻动过的痕迹反而会更快地暴露尸体的所在。把尸体扔到河里或者海里也不行，过一段时间之后就会浮出水面。焚尸的话，那种难闻的气味很容易引起别人的注意。最安全的办法就是把尸体扔进硫酸池，彻底溶解掉。美国就有一个连环杀人狂，每次杀人之后都把尸体扔进自家的浓硫酸池里，一点痕迹都没留下。不过话说回来，这样的条件可不是随便什么人都能有的。

"要我说的话，想要毁尸灭迹不留线索，大可不必这么大费周章。我就有一个简单且行之有效的办法，是我在书上看来的。这种可以安全地处理尸体的地方可以说随处可见，而且是现成的。怎么样，有没有兴趣猜猜看啊，哈哈哈……"

明智肆无忌惮地笑了起来，但是坐在他对面的省吾无论如何也笑不出来。他已经隐隐地感觉到了大事不妙。

"随处可见……现成的……难道……"

他心乱如麻，终于艰难地稳住了自己的情绪，强作镇定，说道：

"我猜不出。"

"是枯井啊，哈哈哈……"

明智似乎对此十分得意。

省吾再也坐不住了，仿佛被人兜头浇下了一盆冷水，心脏猛地收缩，脸上血色尽褪。

明智对他的异样视若无睹，继续说道：

"其实东京还有很多枯井，分布在各个意想不到的角落。在实施杀人计划之前，预先买下一块有这样的枯井的地皮，然后借口要盖房子，就可以光明正大地填平它了。当然，在那之前，要选一个夜黑风高的晚上，把尸体神不知鬼不觉地扔到井底，再填上些土盖起来。第二天一早，就可请工人把枯井填平夯实了。然后就可以按部就班地在上面盖房子了。这样一来，不就谁也发现不了了吗？"

"这种办法确实很完美，但是比起利用即将蓄水的水库做掩护，似乎还是差了那么一点啊。毕竟新建水库蓄水这种事，可是可遇而不可求的。看来只是虚惊一场，这位大侦探只是泛泛而谈，并没有什么确切的线索。"

省吾好不容易恢复了平静，附和着明智，频频点头称是。没想到明智突然话锋一转：

"言归正传，岛田友子失踪的前一天晚上，也就是二月二十五日晚上，还有一个人失踪了。失踪的那个男人离开新宿的一家酒吧后就不知去向了。这两起失踪案当然并没有什么关系，但是不知为什么，在调查岛田友子的失踪案的时候，我总是会不自觉地想到这个案子。"

省吾刚刚放松一点的神经马上又绷紧了。

"他是说那具男尸？那个叫相马良介的男人？不要慌，不要慌，一定不能被他看出破绽来。"

"那是个什么人？"

"是个画家，而且是个怪人，叫相马良介。"

"果然……他为什么要提起相马良介？真的只

是因为时间上接近吗？他会不会已经发现了什么蛛丝马迹？"

省吾的大脑飞速运转着思考对策。

只听明智又说道：

"听说二月二十六日一大早，准确地说是还不到六点，您就自己开车回来了，是吧……不不不，我这么说绝不是因为怀疑您。您大可以放心。我是听您邻居说的，所以随口问一句，在那之前，您去哪儿了？方便的话，能说说吗？"

虽然嘴上说只是随口问问，但明智说完就一脸严肃地看着省吾。

省吾对这个问题早有准备，还跟晴美统一了口径。甚至可以说，在内心深处，他多少有些期待有人问出这个问题。

"二十五日晚上，我是在我的秘书冲晴美小姐家过的夜。因为毕竟还没有结婚，被邻居看到难免说三道四，所以我才一大早从她那里出来，开车回了这边。"

"原来如此。"

明智似乎对这个回答十分满意。

省吾原本准备如果对方继续追问，他就把在新宿高架铁桥下的追尾事故说出来。但是既然对方没问，就没有必要多此一举了。

随后，明智又有一搭没一搭地问了几个问题，就起身告辞了。

"他这次来究竟有什么目的？一定是察觉到了什么？量他也不可能发现藤濑水库底下的秘密。那么大的水库，又是在井底，上面还压上了那么多石块，尸体无论如何也浮不上来。只要尸体不被发现，只是怀疑的话根本拿不出确凿的证据。只要我矢口否认，谁也不能拿我怎么样。"

送走明智之后，省吾独自一人坐在客厅的沙发上盘算着。

与南的交锋

之后的几天里，伊势省吾的身边都没有发生什么特别的事情。直到五月二十日晚上，形式急转直下。

那天晚上九点左右，晴美突然打来电话，声音都因为紧张和恐惧变了调。

"是省吾吗？一个自称相马良介堂兄的人就在我这里，说现在就要见你……我让他去你家找你，但是他一定要你来我这儿。你……你现在能来吗？"

省吾顿时瞠目结舌，一句话都说不出来，只能呆呆地站在那里。

过了好一会儿，他的大脑才重新恢复了运转。

"相马良介的堂兄……啊，知道了，是那个家伙！就是那天晚上在晴美的公寓门口碰到的那个人，也就是那个跑到公司来打听藤濑采石场的家伙。的确，那家伙长得跟那个叫相马良介的画家很像。说不定他现在就守在电话前，所以晴美也只能说这么多。但是听她的声音，那家伙一定已经知道了些什么，才会上门要挟。他不肯到我这儿来，而是让我去晴美那儿，单从这一点就可以看出这不是个好对付的家伙。看来，这次无论如何也躲不过了，只能硬着头皮会会他了。"

想到这里，省吾压低声音对晴美说：

"我马上就来。在那之前，什么也不要跟他说。先尽量稳住他。我二十分钟之后就能赶到，让他等着我。"

省吾挂断电话之后，立即着手开始了准备，然后就驾车往若叶公寓疾驰而去。

"来者不善。而且既然都找上门来了，肯定不会善罢甘休。必要的时候，恐怕要……这种时候，要是有枪就好了。不过事到如今再说这些也没用了……啊，对了，工具箱里应该有扳手，对，就用那个。"

他找出扳手拿在手里掂了掂，重量、尺寸都合适，就随手塞进上衣的口袋了。这样一来，他似乎感到自己有了底气。

到了若叶公寓，他把车停在门外，在黑暗中摸索着上了三楼。

刚敲了两下，门就开了。晴美脸色苍白地出现在他面前，眼里是掩饰不住的焦急与恐惧。

那家伙正坐在客厅的沙发上，饶有兴趣地打量着他。

"果然是他！"

省吾面无表情地在那人对面坐了下来。那人优哉游哉地抽着烟，一双眼睛一直盯在省吾身上，丝毫没有要打招呼的意思。

"我就是伊势省吾。你找我有什么事？"

对方还是没有开口。又过了好一会儿，他才撇了撇嘴，用一种令人讨厌的腔调说道：

"我们已经见过面了。之前在公寓门外，吓坏了吧，哈哈哈……"

省吾早就做好了准备，不屑一顾地答道：

"干嘛要扯这些有的没的，还是开门见山的好。你还没告诉我你到底是什么人呢。"

这个问题似乎正中对方的下怀。他不慌不忙地从上衣口袋里掏出一张名片，递到了省吾面前。

省吾接过名片一看，上面印着"南侦探事务所　社长　南重吉"。

"怎么，又是一个侦探？不过这家伙看起来好像心术不正。说不定是来上门勒索的。"

想到这里，省吾反而放松了许多。只是要钱的话就好说。

"你找我有什么事呢？"

南的嘴角勾起了一个令人生厌的笑容，然后将放在脚边的小包袱放到膝盖上，不慌不忙地打开，取出了一只黑色的女式皮鞋。

"我想请你买下这只皮鞋。"

省吾一时没有反应过来。

"什么？我为什么要买下这只皮鞋？"

"哈哈哈……你是在跟我装傻吗？你怎么可能不知道我在说什么。"

省吾心里一惊，终于意识到了问题的所在。

"难道……这是岛田友子的皮鞋。把她的尸体扔到井下的时候，就发现少了一只皮鞋。当时找了好半天也没找到。这鞋怎么会在这个家伙的手上？那个时候他不可能在藤濑水库。稳住，先稳住，无论如何也要先搞清楚这只鞋是怎么到他手上的。"

这样想着，省吾的脸色阴晴不定，一直盯着他的南不怀好意地笑了起来：

"看来，你似乎想起来了吧？哈哈哈……岛田友子失踪的时候，穿的就是这样的鞋吧？"

"那又怎么样？我为什么要买下这只鞋？"

"我可是费了好大劲儿才把这鞋搞到手呢。你不会在跟我装糊涂吧？还是说，你真的已经忘了？好吧，不管是哪种情况，看来我得多费一点口舌了。你仔细听好，听完之后再告诉我你究竟要不要买下这只鞋。"

南重新调整了一下坐姿，换上一副一本正经的样子，像说故事似的开始讲了起来。

省吾也不由自主地坐直了身子，晴美则一直躲在他身后。当然，她也早已竖起了耳朵。

"我受相马芳江小姐的委托，调查她哥哥相马良介的失踪案。经过调查得知，二月二十五日晚上，相马良介和真下幸彦在新宿的桃子酒吧喝酒。其间，两人发生了争执，相马良介的后脑不慎撞在洗手台的角上，昏死了过去。苏醒后，他独自离开了酒吧，从此便音信全无，下落不明。据当晚在路边揽客的暗娼证实，相马良介钻进了当时停在十字路口的一辆高级轿车的后座。而那辆车的车主因为发生了追尾事故，被交通警察带到了值班岗亭，当时不在车上。车主回来后，似乎也没有发现后座的相马良介，直接发动汽车，往青梅方向驶去。我在那个岗亭查到了当时的记录，里面清楚地记下了那辆车的车牌号，以及车主的姓名、住址等信息。"

南故意不慌不忙地从头说起，一边说一边盯着省吾的脸，不放过哪怕一丝一毫的表情的变化。省吾竭力维持着表面的平静，但内心已经是波涛汹涌。

"那辆车的车主就是你，伊势商社的社长，伊势省吾先生，没错吧？那天晚上，在公寓门外见到我的时候为什么会那么失态，伊势社长现在可以说一说了吧？……算了，还是我来帮你说吧。二十五日晚上，你后座上的那个叫相马良介的男人，长得跟我太像了，你看到我的时候，还以为死人复生了，所以才会惊慌失措，没错吧？而你之所以会惊慌失措，恐怕是因为你把相马良介的尸体偷偷处理掉了吧？"

南嘿嘿冷笑着，盯着省吾和晴美。省吾只觉得心跳得越来越快，一种酥麻震颤的感觉传遍了全身，他几乎费尽了全身的力气才没让自己的身体发抖。

"我是这样推理的：如果伊势社长当时没有做

过其他什么见不得人的事，一旦察觉车里多了一具尸体，一定会立即报警。但你当时没有那样做，这就很有意思了。反正知道相马良介已经死了，于是我决定先搞清楚这件事。

"当然，相马良介的死跟你没有多大关系。他喝了那么多酒，后脑又受了重击，应该是钻进汽车后自己死在了后座上。我想，你大概是在青梅公路上发现他的尸体的吧？哈哈哈……原本我还只是猜测，但是看你的表情，应该是没错了，哈哈哈……车上突然多出一具尸体，一定让你不知所措吧？

"到底是什么原因才让你发现尸体后没有报警呢？我前些天在警视厅碰上了大侦探明智小五郎，得知他正在调查岛田友子失踪的案子。而岛田友子失踪的时间，据说是二月二十六日，也就是相马良介失踪的第二天。这难道仅仅是巧合吗？又经过一番调查，我发现岛田友子和这位冲晴美小姐还有你之间有某种牵连，你们不仅是大学校友，她们两个还因为你产生过矛盾。于是我做出了大胆的猜测。也许二十五日晚上在热海入住的并不是岛田友子，而是个冒牌货。真正的岛田友子也许那天晚上就已经遇害了。这样一来，就能解释为什么车上多出一具跟你毫无关系的尸体，你却大费周章地毁尸灭迹而不报警。那是因为当时你的车上还有一具尸体，岛田友子的尸体！我没说错吧？"

纵然早已做好了最坏的打算，省吾的心还是猛地一沉，他甚至可以清楚地感觉到全身的血液都在往头上涌。他身后的晴美已经控制不住了，浑身抖个不停。

"那具尸体，也就是岛田友子的尸体，应该是在后备厢里吧？除了那里，车上也没有其他地方藏得下一具尸体了。

"我在你家附近做了调查，有人看到二月二十六日一大早，你满身疲惫地驾车回到了家里。当时车上满是泥污。

"那天晚上，你驾车驶向青梅公路，肯定是去了很远的地方。在新宿路口发生追尾事故是晚上十

144

点左右，到第二天早上六点回到家，这中间整整用了八个小时。那天晚上正在下雪，所以路况应该不怎么好，考虑到这些因素，怎么样，伊势社长，是藤濑水库吧？"

南再次停住了话头，观察着省吾和晴美的反应。他原本以为"藤濑水库"四个字应该是最后致命的一击，足以击垮伊势省吾的心理防线。但是，他没能如愿以偿。

就在他刚才滔滔不绝的时候，省吾已经做好了万全的心理建设，此时的他与其说慌乱，倒不如说是一种"啊，终于来了"的长出了一口气。

"我调查得知伊势商社在藤濑有一处采石场。为了确认，还特意去了贵公司一趟，当时接待我的正是这位冲晴美小姐。我想，这事你大概已经从晴美小姐那里知道了吧？

"采石场现在已经成了藤濑水库，于是我就想搞清楚，水库是什么时候蓄水的。这很好查，只要翻一下报纸就知道了。三月一日。距离二月二十五日晚上只有三天。这意味着什么？想到这一点的时候我不由得惊叹不已，对你佩服得五体投地。你简直就是个天才，才会想到那么天衣无缝的藏匿尸体的地方。只要压上石块，尸体就永远不会浮出水面。三天内不出意外，没有人发现尸体的话，就再也不用担心了。太妙了！纵然作为专业人士，也不得不为你的计划拍案叫绝。"

南似乎并没有半点嘲讽的意思，而是发自肺腑地赞叹。有那么一瞬间，省吾的虚荣心甚至得到了相当的满足。他曾经以为自己的计划万无一失，但没想到眼前的这个南侦探这么快就找上了门来。于是，他也不得不对南的侦探才能感到由衷的钦佩。

"两具尸体的所在应该已经很清楚了。但是，二月二十五日晚上冒充岛田友子入住热海旅馆的又是什么人呢？这个问题的答案一目了然，自然就是这位冲晴美小姐。你来之前，我已经问了晴美小姐许多问题，但是她什么也不肯说。我想，你一定在电话里有所交代。但是，晴美小姐，现在可以开口了吧？"

南的视线越过省吾的肩膀，落在了晴美的脸上。不知是不是因为已经超过了恐惧的极限，晴美此时对南投来的视线毫无反应。

"对门是岛村一家吧？我问过岛村夫人，二月二十五日到二月二十六日早晨有没有什么特别的事情发生。因为那天下了大雪，所以她很容易就回忆了起来。据她说，那晚有一位先生来过晴美小姐家，但是因为她睡得很早，不知道那位先生是什么时候离开的。但是二十六日早上，晴美小姐好像没有去上班，订的牛奶和报纸都放在门外没有动。岛村夫人担心你是不是生病了，于是敲了你家的门，但是一直没有人应声。直到十点左右，她才看见晴美小姐从外面回来了。她觉得晴美小姐应该是出了趟远门。因为穿的并不是平时上班的职业装，而是比较休闲的衣服，而且风尘仆仆的，精神很差的样子。由此，我可以确认，晴美小姐二十五日晚上离开了公寓，虽然不知道具体时间，但是至少到第二天上午十点之前，都没有回来。

"于是，我这样假设：二月二十五日晚上，岛田友子小姐出于某种原因来到了冲晴美小姐的公寓。在那之后，你们杀了她。虽然具体过程不清楚，但是这里肯定就是案发现场。杀人之后，你们精心布置了一个骗局。晴美小姐穿上岛田友子小姐的衣服，带着她的行李，坐火车到了热海。那么晚了，应该是末班车吧？到了热海之后，晴美小姐冒充岛田友子小姐在一家叫'不二屋'的旅馆住了一晚。第二天一早，再把岛田友子小姐的衣物扔在镜浦悬崖边的密林里，制造了她跳海自杀的假象，随后赶回了东京。这样的话，时间刚好就在十点左右。怎么样，我说得没错吧？"

晴美低着头一言不发，不知道是因为过于震撼没有反应过来，还是早已放弃了抵抗。

省吾此时已经恢复了冷静。南的推理基本正确，但要让自己投降还为时尚早。

"南侦探，你的想象力实在令人佩服，竟然能够想出一个这么细致周到的故事。被你这么一说，连我都觉得自己确实犯下了你说的那些罪行。但是，很遗憾，你说的这些都仅止于想象，根本没有确凿的证据。"

南一阵冷笑，那笑声就像冰冷黏腻的蛇一般让人说不出的不舒服。

难道，这家伙还真有什么最后的王牌？

第二次杀人

"证据嘛，当然是有的，而且是人证。他当时就在藤濑采石场，你把两具尸体扔进枯井的全过程，他看得清清楚楚。怎么样，这样的证据够确凿吗？哈哈哈……"

伊势省吾闭着眼睛，大脑在黑暗中飞速地运转着，回忆着那晚的所有细节。渐渐地，一团白色的影子浮现了出来。

"是它？那个白色的影子，难道是那只大白狗？说到那只大白狗的话……"

没等他想清楚，南就揭晓了谜底：

"藤濑村有一个叫田中仓三的男人，一直留守到了蓄水前的最后一天。那天晚上，你的一举一动都被他看得清清楚楚。"

"是他！那个带着一只大白狗，脑子有点不正常的家伙。我和晴美之前去藤濑采石场的时候见过他，当时晴美的鞋跟断了，他还想帮忙来着。他不愿意搬迁，独自一人守着祖先的坟墓。我们离开的时候，他就站在那里直愣愣地看着我们。那个时候，我就有一种说不清道不明的预感，说不定什么时候还会再跟他有某种交集。果然……只是，这次我没有看见他，而他却在黑暗中把我的一举一动看得清清楚楚。当时我依稀看到一团白影一闪而过，这么说，那只皮鞋就是在那时被那只大白狗叼走了。"

省吾终于想明白了。

"怎么样，我说得够明白了吧？我调查得知为了建设藤濑水库，不但你们的采石场，还有一个村子被迫搬迁了。我找到藤濑村搬迁的村民，打听到有一个死脑筋的家伙说什么也不肯搬迁，一直在村里留守到了最后。这个人就是田中仓三。我想既然他一直留守到了最后，说不定那天晚上看到了些什么。我有一种直觉，这个田中仓三也许就是本案最关键的证人。但是藤濑村的村民只知道他应该也来了东京，更具体的地址就说不上来了。

"为了找到他，我可是吃了不少苦头。藤濑村的村民告诉我，他带着一只大白狗，而且总是抱着一个写满了祖先姓名的牌位。于是我雇了一辆车，沿着藤濑村到东京的必经之路挨家挨户地打听。好在他的特征实在是让人过目难忘，一路上都有人看见过他。最终，我找回了东京。一般初到东京的乡下人，都会混迹于新宿、浅草、上野一带。我就整日在那些地方转来转去，终于在上野公园找到了他。

"两天前，我带了许多礼物去拜访他，跟他攀谈起来。果然，二月二十五日晚上发生的一切他都看到了，而且记得清清楚楚。你先是把相马良介的尸体从车后座搬出来，扔进了井里。又打开后备厢，搬出了岛田友子的尸体。把她的尸体搬到井边准备扔下去的时候，你还叫了一声'鞋，鞋不见了'。你打着手电来来回回地找了好几遍，最后还是没有找到。然后，你就把岛田友子的尸体也扔了进去。接下来，你就开始往枯井里扔石头，把两具尸体都埋了起来。伊势社长，你不会说这些也都是我的想象吧？那位田中仓三，可是能够证明我说的这一切都是真的，都是他亲眼看到的。所谓天网恢恢，疏而不漏啊。原本天衣无缝的杀人案，却因为一个脑子不太灵光的乡下汉功亏一篑。更要命的是，这个田中仓三还拿着至关重要的物证，喏，就是这只皮鞋。"

南说到这里停了下来，视线在省吾和晴美身上来回游走。与此同时，他的右手伸进了口袋了，一直保持着同一个姿势。从口袋鼓起的形状来看，应该是把手枪。看来这个家伙虽然惹人生厌，但实在是考虑周到啊。他早有准备，以防省吾因罪行败露杀人灭口。

省吾此时已经被逼上了绝路，但他反而冷静了下来，冷笑几声之后不屑地说：

"侦探先生，你说这皮鞋是岛田友子的，并把它当作本案关键的证据，可是这种样式的女士皮鞋随处可见，我怎么知道你不是在随便哪家二手店买来的呢？"

"我有证人，皮鞋是他交给我的。"

"那个叫田中仓三的怪人我也知道，我和晴美都见过他。那家伙啊，脑子可不太正常。他的话也能作为证据吗？如果他真的看到了我毁尸灭迹的全过程，为什么不去报警？而且，如果警察再问他一遍的话，他能说得跟你这番说辞一模一样吗？我看，是你编出这么一个离奇的故事之后，想要利用这个傻子来敲诈我们吧。"

"哈哈哈……伊势社长，佩服，佩服，竟然还有这么一手，真是让人佩服啊。事到如今还能这么矢口抵赖，你如此厚颜无耻倒真的是我始料未及的。不过我手上还有一张王牌，可以说是铁证。虽然我自己无能为力，但只要通知警视厅的话，派出潜水员去水库底下搜查一下，我相信一定可以找到相马良介和岛田友子的两具尸体的。到了那时候，你可就再也没法抵赖了。"

"既然你这么说了，那就是还没通知警视厅吧？"

"当然。一旦通知他们，我可就什么也得不到了。这个世界上，只有我一个人知道这个秘密，这才有价值啊。你说是吗，伊势社长？警视厅方面，是花田警部负责这起案件。不过，那家伙脑筋死板得很，不可能查出什么名堂来。"

"好吧，你就说说看，这只皮鞋要多少钱？"

"一千万。这么点小钱对你这样的大老板来说，应该不是什么问题吧，嘿嘿嘿……"

"一千万？确实，如果能够一劳永逸地解决这个问题，这点钱我也不是拿不出来。但是，敲诈这种事情，只要有第一回，就会有第二回，第三回……这可是个无底洞！眼前这个家伙根本就是个无赖，一旦让他抓住了这个把柄，肯定会一辈子缠着我的。只要他还活着一天，我就永远不得安宁。看来，只能让他永远闭嘴了！

"至于那个田中仓三，根本构不成任何威胁。

那家伙甚至不知道去报警。而且即便他去了，没有眼前这个家伙解说，凭他自己根本什么都说不清楚。

"当务之急，是除掉南这个混蛋。至于尸体嘛，前几天明智大侦探来的时候不是说起过吗，镜浦就是处理尸体的最好的地方。只要把尸体塞在后备厢里运到悬崖边，趁没人的时候扔进海里就万事大吉了。"

想到这里，省吾决定先稳住南。

"一千万对我来说也是一大笔钱，总不可能随身带着。这皮鞋我买了。不过，你要跟我到目白的家里取钱。这种事情最怕夜长梦多，我看，事不宜迟，我们现在就去。"

"哈哈哈……不愧是伊势社长啊，一旦看清了形势，马上就能决断，果然有大将之风！那么我就陪您走一趟吧。"

南喜笑颜开地奉承道，可右手始终在口袋里握着那支枪。

省吾看了一眼手表，还不到十二点。他站起身来，把晴美叫道一旁：

"别担心，我会处理好的。今晚过后一切就都结束了。明天在公司见。"

说完，他就跟南一起出了门。

"你还是坐后排吧。"

省吾对南说。

"不，还是这里好。"

南说着就坐到了副驾驶位上。

一上车，南就貌似漫不经心地提醒道：

"你最好别耍什么花招，我已经准备好了这玩意儿。"

说着，他把右手从口袋里伸了出来，亮出了一把小巧的手枪。其实，即便他不亮出来，省吾也已经知道了。

"实在是万不得已啊！如果说岛田友子的死只是事发突然的意外事件，这一次可是实实在在地谋杀了。这个男人就是一条毒蛇，他一天不死，我就一天不得安宁。只能这样了，杀了他，然后把尸体运到镜浦扔进海里。明天，我就可以和晴美开始全新的生活了。"

一路上，这些念头在省吾的脑海中盘旋不去。至于杀人的手法嘛，他想起了曾经在一本小说里看到的。

"对，就这么办！简单，直接，用我口袋里的扳手就够了。只是需要足够的勇气和果决。没问题的，我一定可以做得到！"

汽车从青山经过神宫外苑，驶上了新宿大街。此时已经过了午夜十二点，宽阔的大街上一个行人也没有。省吾暗暗地踩下了油门，时速表的指针不断地偏移，五十公里，六十公里……他的心跳也随着车速越来越快。为了压抑心头的恐惧和兴奋，他下意识地紧紧咬住了嘴唇，双手死死地握着方向盘，一动不动地盯着前方，简直就像一个雕像。

南开始感到了不安，他的视线在窗外急速后掠的风景和省吾僵硬的侧脸之间不断交替，想要说什么，话到嘴边又咽了下去，只是半张着嘴，双目圆睁。

终于，他再也忍不住了，想要出声。

就在这时，省吾意识到这是一个好机会，一脚把刹车踩到了底，轮胎与地面发出了刺耳的摩擦声。

即便早有准备，且系着安全带，省吾的身体还是猛地前冲，胸口重重地撞在了方向盘上。毫无准备的南则直接从座位上腾空而起，额头重重地撞在了前挡风玻璃上。

毕竟是干过刑警的家伙，即便在这种时候手里也还是死死地握着枪。但是还没等他扣动扳机，省吾已经掏出了扳手，狠狠地朝着他的脑袋砸了下去。

头骨出乎意料的硬，竟然震得省吾虎口发麻。但他还是一下又一下地砸下去，直到扳手嵌入了南的脑袋里。

省吾还不放心，伸手探了探南的鼻息，又摸了摸他的脉搏，确认他确实已经死了，才终于松了一口气。

这场谋杀干净利落！

省吾透过车窗小心地观察了一下，宽阔的新宿大街上还是一个人影都没有。他想把尸体搬到后备厢里去，但是那样的话，万一有人路过就麻烦了。于是，他决定还是先回家，把车开进车库里，然后再从容地处理尸体，这才是万全之策。把尸体锁进后备厢，然后再准备一些简单的食物和水。从目白出发，大概三点左右就能到镜浦了。

于是，他脱下外套盖在尸体上，以防万一有人经过。然后就一路开回了目白的家，把车停进了车库。

关好车库的门，他再次检查了南的尸体，没有半点生气了。他又检查了扳手，小心地把上面的血迹擦干净，收回了工具箱里。最后，他才把尸体搬进后备厢里，锁好了。

这已经是他近来处理的第三具尸体了。一幕幕场景像走马灯似的在他的脑海里一闪而过，他甚至怀疑几个月来的这一切都是一场噩梦。

他准备进屋拿点东西就马上出发去镜浦，所以车库的门并没有锁。但是来到门前的时候，他竟然发现大门开着一条缝，而且，二楼书房的灯还亮着。

怎么回事？谁在书房里？

结　局

伊势省吾悄悄地推开门，脱鞋进了屋。正打算蹑手蹑脚地爬上楼时，一名女佣从他身后走了出来。

"哎呀，您回来了。"

"谁在书房里？"

"前几天来拜访过先生的那个客人，叫明智的。"

"明智？你怎么能擅自把他带到书房去？"

"不是我带他去的。我说主人不在家，可他说跟您约好的，您让他在书房等您。"

"他是什么时候来的？"

"大概半小时前吧。"

"看来事情有些不妙。书房的花瓶里藏着的那个东西可一定不能被人看到，虽然他未必就能发现，但让他一个人待在那里实在是太危险了。当务之急是尽快把他打发走，我还要去镜浦处理尸体呢。"

省吾这样想着，上楼来到了书房门前。当他推开房门的时候，明智已经从椅子上站了起来，像是正等着他似的。

"明智先生，您这样可不太好。怎么能趁我不在的时候跟用人撒谎，自己跑到书房里来呢？要等我的话，不是应该在客厅吗？"

"哎呀，抱歉抱歉。不知为什么，我就是想看看您的书房。"

"哦？那么，您在这里有什么收获吗？"

话刚一出口，省吾就意识到有些不妥。但明智似乎并不在意，只是微微一笑，从口袋里掏出了一个银光闪闪的东西——一个烟盒。

"完了！他果然已经找到了那东西。这……"

明智把手伸进口袋的时候，省吾也下意识地把手伸进了自己的口袋，死死握住了从南那里缴获的那把手枪。

"您藏得还真够隐蔽的。我花了足足三十分钟才找到它。"

明智一边笑着说，一边环视着整间书房。看来，他一定已经翻遍了每个角落。

明智手里拿着的，正是相马芳江作为生日礼物送给哥哥相马良介的那个纯银烟盒。相马良介死在汽车后座上之后，省吾把这个烟盒和广告画册作为查证死者身份的线索留了下来。虽然事后也有些后悔，觉得还不如把这些都跟尸体一起扔进井底，毕竟多一事不如少一事。这东西又不像广告画册，烧了就万事大吉了。而且也不能随便扔到什么地方，万一被人发现了，会招致致命的危险的。于是，他只好把这烟盒藏在了书房的花瓶里。

"这是相马芳江小姐送给他哥哥的生日礼物，而他哥哥就是二月二十五日晚上失踪的那个叫相马良介的画家。芳江小姐在报案时特别提到了这个烟盒以及上面刻的字。请问，这个烟盒为什么会在您的书房里？"

"全完了！"

这是省吾当时唯一的想法。

"自己冒着天大的风险，不惜一切代价杀掉了南重吉，现在看来已经毫无意义了。"

他浑身瘫软地跌坐在了椅子上，一句话也说不出来了。

"其实，我根本没有想到会在这里找到这个烟盒。我之所以到您的书房来，只是想趁您不在的时候找点线索，发现这个烟盒完全是个意外。不过不管怎么说，我现在又多了一件证据。"

"又多了一件证据？也就是说，他手上还有其他证据？那到底是什么呢？"

省吾突然被勾起了强烈的好奇心。

"虽然说来话长，但是我想还是有必要说给您听听。上次登门拜访时，我曾经跟您说过，我是受岛田友子小姐亲属的委托调查她的失踪事件。在调查的过程中，发现相马良介在岛田友子小姐失踪的前一天也失踪了。刚开始的时候，我并不觉得这两起案子有什么关系。毕竟现在的失踪人口那么多，几乎每天都会有人失踪，只是时间上接近也没什么。但是，随着调查的进行，我不得不考虑另一种可能性，那就是岛田友子小姐不是失踪了，而是已经死了，甚至是被人谋杀了。从这两起失踪案里，我都嗅到了这样的气息。

"通过对岛田友子小姐社会关系的调查，我发现了岛田友子小姐、冲晴美小姐和您三个人之间的关系。另一方面，相马芳江小姐不仅报了警，还委托一个叫南重吉的侦探调查她哥哥相马良介的下落。"

一听到"南重吉"这个名字，省吾不由得打了一个激灵。

"他还不知道南已经死了，现在尸体就在车库里。一个侦探刚死在我的手上，另一个侦探马上又出现在我面前，还跟我细数案情，还有比这更吊诡的事吗？"

明智当然不可能知道省吾的心中所想，沿着自己的思路继续往下说道：

"南重吉曾经在警视厅工作过。虽然由于某种原因不得不辞职了，但是他的能力是毋庸置疑的。我从花田警部那里得知他正在调查相马良介失踪案，就让我的助手小林暗中跟踪他，希望能够从他那里得到一些有价值的线索。南在新宿的桃子酒吧打听到二月二十五日晚上，相马良介和真下幸彦发生了争执，进而动了手。其间，相马良介的后脑撞在了洗手池的角上，曾有过短暂的昏迷。醒过来后就一个人离开了酒吧。

"后来，南和真下幸彦一起沿着那晚真下幸彦寻找相马良介的路线走了一遍，发现了关键的目击证人，得知那晚相马良介钻进了停在路边的一辆高级轿车的后座，而那辆车的车主正是你，伊势省吾。

"当时你从岗亭出来后，没有发现车上多了一个人，就急匆匆地驾车往青梅方向驶去了。

"调查至此，南就把两起案子并案调查了。他去了藤濑水库，又从那里一路挨家挨户地打听，找回了东京。小林只要稍加打听，就知道了他在找一个叫田中仓三的人。据说这人脑子不太正常，是藤濑村留守到最后的人。

"事情到这里就很明白了。尸体恐怕就藏在藤濑水库。你趁水库蓄水前的绝妙时机，把尸体藏在了库区的某个地方，等水库一蓄水，所有的罪证就都永远沉入水底了。

"几天前，南在上野公园找到了田中仓三。当然，随后我也去跟那个田中仓三见了面。"

除了个别的细节，所有这些省吾刚刚才从南那里听过一遍，现在当然已经不能再让他有一丝的震惊了。明智敏锐地发觉了他的无动于衷。

"看来你一定已经见过南了吧？刚才就是他把你叫去了晴美小姐那里吧？"

省吾没有回答，因为他不知道该怎么说。但是，眼下的沉默无异于已经默认了。

于是明智继续说道：

"南的能力毋庸置疑，但是他实在并不适合干私家侦探这一行。他只是想满足自己窥探他人秘密的私欲，并借此大捞一笔。我想，他今晚把您叫到晴美小姐那儿，是为了狠狠地敲诈一大笔钱作为封口费吧？"

省吾依然沉默着。这种时候，不管说什么，搞不好都会成为对自己不利的证据。此时他满脑子都是塞在后备厢里的南的死尸。早知道把车库门锁上就好了。

明智又回到了之前的话题，做出了跟南相差无几的推理：岛田友子死在了若叶公寓，为隐匿尸体，省吾连夜驾车驶往藤濑水库，途经新宿高架铁桥下的十字路口的时候发生了追尾事故，在岗亭处理事故的时候，相马良介钻进了他的车里……

省吾一句话也听不进去，一心只想着化解眼前的危机，但是不管怎么想，他都发现自己已经走投无路了。

"你在驶离新宿后，肯定在途中发现了相马良介。我想，应该说是相马良介的尸体吧？因为只要他还有一口气在，你一定会把他赶下车了事。即便他已经醉得不省人事，你拖也会把他拖下车。但是无论如何，你不会杀了他，因为根本没有那个必要。当然，如果他发现了岛田友子的尸体的话，就另当别论了。但是，你应该不会就那么把尸体放在后座上吧？我想，尸体一定是锁在后备厢里。所以，最后的可能性也排除了。但是据田中仓三说，那晚你把两具尸体扔进了枯井。这里就出现了一个很大的矛盾。

"于是，我推理：相马良介和真下幸彦在桃子酒吧发生了争执，混乱中后脑撞在了洗手台的角上，导致了颅内出血。虽然跌跌撞撞出了酒吧，又走到了新宿的十字路口，但是在钻进你的车里后，很快就陷入了昏迷。当你发现的时候，他已经死了。既然已经是一具尸体了，当然不能随便丢在什么地方，如果警方沿着线索一路追查的话，很可能让你的事暴露。于是，你索性将相马良介的尸体和岛田友子的尸体一并带到藤濑水库处理掉了。

"伊势省吾先生，我说得没错吧？"

明智长篇大论，但省吾的脑子里只是交替浮现着晴美的面容和南的尸体。

"干吗要一直说这些都已经听过一遍的废话！你不是还有其他证据吗？到底是什么，快拿出来看看吧。对，快点，快亮出你的底牌吧！"

"岛村民子这个名字您听说过吗？就是住在晴美小姐对门的邻居。"

晴美的名字成功吸引了省吾的注意力。

"南也见过那位岛村夫人，探听到了不少的线索。但是，他有一个很大的疏漏，那就是他只向岛村夫人确认了二月二十五日晚上到二十六日早晨晴美小姐是否在房间里，却忘了问更重要的事。我当然没有放过这一点，进行了更加深入细致的调查，于是……"

省吾一动不动地盯着明智，他知道，明智马上就要一锤定音了。

"两三个小时前，我终于掌握了最关键的证据。我从田中仓三那里得知，岛田友子小姐的尸体上少了一只皮鞋。您大概以为是在把尸体从车上搬到枯井的途中失落的，所以当时找了好半天。田中仓三也是那么认为的，他也是对南那样说的。但是，当时你找了半天也没找到，田中仓三第二天在那附近转悠了很久也没找到，可见，岛田友子的皮鞋并不是在那里失落的。"

省吾大吃一惊，心中暗忖：

"什么？南不是说皮鞋被田中仓三捡到了吗？而且他还拿着那只鞋来敲诈我，要以一千万的高价卖给我。现在，那只鞋就跟南的尸体一起锁在后备厢里。到底是谁在说谎？或者，明智根本就推理错了？"

只听明智继续说道：

"如果不是掉在了藤濑村，那只皮鞋又在哪里呢？车里？显然不可能，您肯定已经反复找过了。那么，就只有一种可能了，就是在把尸体搬上车的时候掉的。晴美小姐的公寓在三楼，要抱着尸体下到一楼，在此途中，如果碰到什么东西，皮鞋很有可能掉落。我想请您再回忆一下，把尸体搬上车后，您有没有留意过，当时鞋还在不在呢？恐怕您当时根本顾不上这么多吧？"

省吾好像想起了什么，几乎从椅子上跳了起

来。原本已经封存在潜意识里的、自己都毫无意识的记忆，此时渐渐地浮出了水面。

"啊，原来是这样！对，一定是这样！当时在二楼转角处，撞到了一辆婴儿车，鞋肯定就是在那时候掉的！"

但省吾随即就想到，现在才想到这个，恐怕已经于事无补了。

"我也是今天下午才想到这一点的。于是立即赶去若叶公寓，向岛村夫人打听，二十六日早上下楼的时候有没有见到一只黑色女式皮鞋。她想了半天才终于想起来，那天早上，她下楼的时候碰到了二楼山际夫人。因为跟山际夫人不熟，她原本只想打个招呼就走。没想到山际夫人叫住了她，拿着一只黑色的女士皮鞋问她是不是她的。她说不是，两人便各自走开了。

"岛村夫人对我说：'也许那就是你说的那只皮鞋吧。'但是她也不是十分肯定。

"于是我又调查了山际夫人，发现她是个爱贪小便宜的女人。只要楼道里有什么东西，她都会捡回家里去，还装出一副什么都不知道的样子，因此在若叶公寓的口碑很差。

"我找到了山际夫人，小心翼翼地避免她恼羞成怒，终于让她交出了皮鞋，还跟我说了当时的情况。她是在二楼转角处的婴儿车旁边捡到那只鞋的。当时恰好碰到了岛村夫人，她还问了岛村夫人鞋是不是她的，得到否定的答复后，就心安理得地把鞋拿回家了。喏，就是这一只。"

明智说着，拿起刚才一直放在椅子边的一个报纸包着的东西，把报纸打开，露出了一只黑色的女士皮鞋。

"这鞋……"

省吾脱口而出，但马上就恢复了沉默。

"这只皮鞋和烟盒，都是最有力的证据。此外，还有人证田中仓三。昨天晚上，田中仓三已经被接到警视厅由专人保护。最重要的是，警视厅正在准备派出潜水员，去藤濑水库把相马良介和岛田友子的两具尸体打捞上来。"

明智说完一动不动地盯着省吾，省吾出乎意料地并没有移开视线，而是倔强地跟明智对视着。

"看来，南那个心术不正的家伙果然撒了谎。那根本就不是岛田友子的皮鞋，他只不过是听了田中仓三的话，不知从什么地方搞来一只旧皮鞋，打算从我这里大捞一笔。只是没想到聪明反被聪明误，为此丢掉了性命。可是，即便他是犯下敲诈勒索罪的恶人，可我犯下了杀人罪不是比那要严重得多吗？

"唉，果然是天网恢恢，疏而不漏啊。可我却总是抱着侥幸心理，总想跟老天赌一把。现在看来，我跟那个南又有什么不同呢？现在怎么办？"

两人就那么对视了足足五分钟，谁都没有开口。

"我还是跟您走吧。"终于，省吾打破了沉默，"不过在那之前，我还要告诉您一件您还不知道的事情。"

"哦？什么事情？"

"就在刚才，我把南重吉侦探杀了。"

"什么，你杀了南？"

"是的，正如您之前推测的那样，他把我叫到了若叶公寓，拿出一只皮鞋，要我以一千万的高价买下。当然，现在我已经知道那根本就不是岛田友子的皮鞋。但是他说那是田中仓三在藤濑村捡到的。为了稳住他，我表示愿意出一千万买下那只鞋。但是我知道，这种事情，是不可能只有一次的。只要被他抓住了这个把柄，一辈子都摆脱不掉。于是我想，索性把他和那只皮鞋都处理掉吧，那样一来就再也没有其他证据了。我骗他要回这边来拿钱，把他骗上了车，然后在半路上一个急刹车，把他撞晕了过去，随即用准备好的扳手狠狠地砸烂了他的脑袋。

"现在，他的尸体就在汽车的后备厢里，车就停在车库里。我原打算连夜把尸体运到镜浦的悬崖边，趁夜扔进大海。一切顺利的话，天亮之前我就可以赶回来。不过现在，我想我们应该去警视厅了吧。在那之前，请允许我给晴美打个电话。"

明智点了点头。

省吾走到桌边，拨通了晴美的电话。

"晴美，是我，我现在家里。大侦探明智小五郎先生也在。他已经什么都知道了，还有确凿的证据。我们已经无路可逃了……什么？……南？南已经被我杀了……我从一开始就没打算给他钱，你知道一旦被那种人缠上，就永无宁日了……但是，现在看来，即便杀了他也于事无补了。"

说完，省吾就那么拿着话筒沉默着，听筒里似乎传来了晴美的抽泣声，他就那么默不作声地听着。

"哭吧，痛痛快快地哭出来吧。这也许是我最后一次听你哭了。"过了好久，省吾才说出这么一句不知该不该算劝慰的话，"我也不想跟你分开……不，即便你马上赶来也来不及了……在你赶到之前，我就已经被带走了……是的，我的心永远跟你在一起……"

说完，省吾把话筒轻轻轻轻放在桌子上，却并没有挂断电话。

明智并不知道他要干什么，更不知道此刻他的口袋里还有从南那里缴获的手枪。

为了不让明智发现，他微微转过身去，从口袋里掏出了那把枪，抵在了自己的太阳穴上。

等明智发现的时候已经晚了，虽然他惊叫着扑了过去，但省吾已经毫不犹豫地扣动了扳机。

省吾的身体从椅子上慢慢滑落，软绵绵地倒在了地上。

枪声和明智的惊呼声通过话筒传到了另一头冲晴美的耳朵里，她已经知道了一切。省吾的死灼痛了她的心。她一刻也不愿意耽搁，连电话都没挂就冲出了房间，直奔楼顶而去。

远处，涩谷的夜灯火通明，灯光照亮了整片夜空。但是她的脚下，整栋公寓都漆黑一片，所有人都已经进入了梦乡。

晴美翻过屋顶的护栏，做好了最后的准备。

"省……吾……"

她纵情呼喊着爱人的名字，纵身跃入了漆黑的夜空。

伊势省吾和冲晴美双双自杀殉情的第二天，警视厅派出潜水员，在藤濑水库打捞出了相马良介和岛田友子的尸体。

江广川乱步年谱

1894年　出生

本名平井太郎，10月21日出生于三重县名张市，为家中长子。父平井繁男，时任名贺郡官府书记员。母平井菊。

1897年　3岁

因父亲工作调动，举家搬迁至名古屋市。

1901年　7岁

4月，进入名古屋市白川寻常小学就读。

1903年　9岁

《大阪每日新闻》连载菊池幽芳的《秘密中的秘密》，母亲每晚都会念给他听，从此对侦探故事萌生了极大兴趣。

1905年　11岁

4月，进入市立第三高等小学。协助父亲采用胶版誊写版印刷和发行少年杂志。二年级时喜欢上了押川春浪的武侠冒险小说。

1907年　13岁

4月，升入爱知县立第五初级中学。读到黑岩泪香的《岩窟王》，印象特别深刻。

1908年　14岁

其父开设平井商店，主营进口机械的贸易销售，兼营外国保险代理和煤炭销售业务，并采购全套铅字，印刷和发行《中央少年》杂志。秋天，开始在学校附近租借宿舍，独立生活。

1910年　16岁

与要好同学坐船到中国的东北地区旅行。

1912年　18岁

3月，初中毕业。因喜欢出版事业，与同学到处奔走、筹备。6月，其父开设的平井商店破产倒闭。由于失去了学费来源，没有继续上高中。随父亲坐船到朝鲜马山，从事垦荒和测量工作。8月，只身赴东京勤工俭学，以优异成绩考入早稻田大学预备班，白天上学，晚上寄宿在东京都本乡汤岛天神町的云山印刷厂，逢休息日打工。12月，迁到春日町借宿，业余时间靠誊写挣钱。

1913年　19岁

春，与祖母在东京牛込喜久井町生活，重读黑岩泪香等著名作家写的侦探小说。曾计划印刷和发行《少年新闻报》。8月，预备班毕业，考入早稻田大学经济学专业学习。

1914年　20岁

春，与同学创办《白虹》杂志，利用业余时间阅读爱伦·坡、柯南·道尔等英国作家的短篇侦探小说。为了阅读侦探小说，辗转于各大图书馆，所做的笔记装订成册，称为《奇谈》。

1915年　21岁

其父回国供职于某保险公司，在牛込与全家一起生活。继续阅读外国侦探小说，并悉心研究"暗号通讯文书"的由来、规则和特点。

1916年　22岁

8月，毕业于早稻田大学经济学专业，入职大阪府贸易商加藤洋行。

1917年　23岁

5月，从加藤洋行辞职，在伊东温泉开始阅读谷崎润一郎的作品《金色之死》，执笔撰写电影评论文章。11月，入职三重县鸟羽造船厂电机部，参与内部杂志《日和》的编辑。

1918年　24岁

4月，其父再赴朝鲜工作。与鸟羽造船厂的同事组织"鸟羽故事会"，在各剧场、小学巡回。冬，在坂手村小学结识村上隆子。

1919年　25岁

辞职到东京。2月，与两个弟弟在东京本乡驹达町经营一家旧书店"三人书房"。7月，在书店二层编辑《东京PACK》杂志。11月，开设中华面馆。同年，与村上隆子成婚。

1920年　26岁

2月，入职东京市政府社会局。10月，关闭旧书店，入职大阪时事新报社，担任记者，经常与井上胜喜谈论侦探小说，开始撰写《两分铜币》。

1921年　27岁

3月，长子平井隆太郎诞生。4月，在东京担任日本工人俱乐部书记。

1922年　28岁

8月，辞职后回到大阪府外守口町的父亲家，与父亲一起生活。9月，《两分铜币》《一张收据》完稿，正式向某杂志社投稿，但未被采用。不久，改投《新青年》杂志，经审定采用。12月，入职大桥律师事务所。

1923年 29岁

4月，《两分铜币》在《新青年》刊载，小酒井不木博士长文推荐。7月，《一张收据》在《新青年》刊载，辞去大桥律师事务所工作，入职大阪每日新闻社广告部。

1924年 30岁

4月，关东大地震，全家迁回大阪。7月，在《新青年》发表《二废人》。10月，在《新青年》发表《双生儿》。11月底，离开大阪每日新闻社，成为职业作家。

1925年 31岁

1月，在《新青年》增刊发表《D坂杀人事件》，名侦探明智小五郎首次登场。到名古屋拜访小酒井不木。之后，到东京拜访森下雨村，结识《新青年》派作家。2月，在《新青年》发表《心理测试》。3月，在《新青年》发表《黑手》。4月，在《新青年》发表《红色房间》，与春日野绿、西田政治、横沟正史等作家发起创建"侦探兴趣协会"。5月，在《新青年》发表《幽灵》。7月，在《新青年》发表《白日梦》《戒指》。8月，在《新青年》增刊发表《天花板上的散步者》。9

月，在《新青年》发表《一人两角》，在《苦乐》发表《人间椅子》；其父逝世。10月，成立"新兴大众文艺作家协会"。

1926年　32岁

发表侦探小说《噩梦塔》（直译名《幽鬼之塔》）等多篇作品。12月，在《朝日新闻》上连载《畸心人》（直译名《侏儒法师》）。

1927年　33岁

3月，停笔，与妻平井隆子开设"宿舍租借有限公司"。不久，独自外出旅行，到日本海沿岸、千叶县沿岸等地；10月，到京都、名古屋等地；11月，与小酒井不木、国枝史郎、长谷川伸和土师清二等人创建大众文艺民间合作组织"耽绮社"。

1928年　34岁

3月，出售早稻田大学附近的宿舍。4月，买下东京户塚町源兵卫一七九号的房屋。同年，发表《丑角师》（直译名《地狱丑角师》）。

1929年　35岁

1月，在《新青年》发表《噩梦》。6月，发表处女随笔《恶魔王》（直译名《恐怖的魔王》）。8月，在《讲谈俱乐部》连载《蜘蛛男》。

1930年　36岁

5月，改造社出版《孤岛之鬼》。7月，在《讲谈俱乐部》连载《魔术师》。9月，在《国王》连载《黄金假面人》。10月，讲谈社出版《蜘蛛男》。

1931年　37岁

5月，平凡社出版《江户川乱步选集》13卷。同年，出版《迷重重》（直译名《钟塔的秘密》）、《暗黑星》和《邪与恶》（直译名《影男》）。

1932年　38岁

3月，停笔，带全家外出旅游，先后到过京都、奈良、近江等地。

1933年　39岁

1月，加入大槻宪二创建的"精神分析研究会"，每月出席例会，并为该会《精神分析杂志》撰稿。4月，长子平井隆太郎升入大阪府立第五初中学校。同年，好友山本直一辞去博物馆工作，担任江户川乱步的助手。12月，在《国王》连载《红蝎子》（直译名《红妖虫》）。

1934年　40岁

发表《恐吓信》（直译名《魔术师》）、《黑天使》和《不归路》（直译名《死亡十字路》）。

1935年 41岁

1月，平凡社陆续出版《江户川乱步杰作选》12卷。6月，春秋社出版《人形豹》。9月，编写《日本侦探小说杰作集》，由春秋社出版，并发表长篇评论文章。

1936年 42岁

1月，在《讲谈俱乐部》连载《绿衣人》；在《少年俱乐部》连载《怪盗二十面相》。5月，春秋社出版评论集《鬼的话》。12月，讲谈社出版《怪盗二十面相》。

1937年 43岁

1月，在《讲谈俱乐部》连载《噩梦塔》（直译名《幽鬼之塔》），在《少年俱乐部》连载《少年侦探团》。战争爆发后，政府当局对于出版物的审查越来越严格，江户川乱步的所有小说被禁止出版发行，不得不停止撰写侦探小说。为了生活，江户川乱步借用别名为少年儿童撰写探险小说。后来，当局只允许江户川乱步撰写防谍反特小说，在杂志和报纸决定连载前，必须经过外交部、内务部、警视厅和宪兵机构的联合审查，达成一致意见后方可使用江户川乱步的名字刊登。由于公开抗议，被勒令停止写作，结果只写了一部小说。

1938年　44岁

1月，在《少年俱乐部》连载《妖怪博士》。3月，讲坛社出版《少年侦探团》。4月，新潮社出版《噩梦塔》。9月，新潮社出版《江户川乱步选集》10卷。

1939年　45岁

1月，在《讲谈俱乐部》连载《暗黑星》，在《少年俱乐部》连载《蒙面人》。2月，讲谈社出版《妖怪博士》。

1940年　46岁

2月，讲谈社出版《蒙面人》。7月，因心脏不适住院治疗。10月，与同人创立"大政翼赞会"。

1941年　47岁

7月，非凡阁出版《噩梦塔》。12月，任东京池袋丸山町防空会长。

1942年　48岁

任东京池袋北町会副会长，以"小松龙之介"的笔名连载《聪明的太郎》。

1943年　49岁

与著名作家井上良夫书信往来，交流对欧美侦探小说的看法。8月，开始连载科幻小说《伟大的梦》。11月，东京大学文学部在读的长子平井隆太郎被征召入伍，为其举行送别会。

1944年 50岁

出任行政监察随员助手，后在町会领导下开设军需品加工厂生产皮革制品。

1945年 51岁

4月，家属被疏散到福岛，自己则只身留在东京池袋，继续担任町会副会长。6月，因病被疏散到福岛。8月，在病床上听到裕仁天皇宣布无条件投降，平井隆太郎从土浦飞行队退役。11月，举家迁回池袋。

1946年 52岁

6月，倡议成立"侦探小说星期六研讨会"，每月开一次例会。

1947年 53岁

6月，"侦探小说星期六研讨会"更名"侦探作家俱乐部"，被选举为第一届主席。11月，到关西等地演讲，普及和推广侦探小说。没有新作问世，但旧作再版达31部。

1949年 55岁

1月，在《少年》连载《青铜怪人》。6月，再度当选侦探作家俱乐部会长。11月，光文社出版《青铜怪人》。

1950年　56岁

1月，在《少年》连载《虎牙》。3月，在《报知新闻》连载《断崖》，为战后首部短篇侦探小说。12月，光文社出版《虎牙》。

1951年　57岁

1月，在《趣味俱乐部》连载《恐怖的三角馆》，在《少年》连载《透明怪人》。5月，岩谷书店出版评论集《幻影城》。12月，光文社出版《透明怪人》。

1952年　58岁

1月，在《少年》连载《怪盗四十面相》。3月，评论集《幻影城》荣获侦探作家俱乐部授予的"第五届优秀侦探小说勋章"。7月，辞去侦探作家俱乐部会长一职，任名誉会长。12月，光文社出版《怪盗四十面相》。

1953年　59岁

1月，在《少年》连载《宇宙怪人》。12月，光文社出版《宇宙怪人》。

1954年　60岁

1月，在《少年》连载《塔上魔术师》。10月，日本侦探作家俱乐部、东京作家俱乐部和捕物作家俱乐部联合主办"江户川乱步六十大寿庆典"，会上正式设立"江户川乱步奖"。《别册宝石》第四十二期杂志作为

"江户川乱步六十周岁纪念特刊"，《侦探俱乐部》十二月号杂志也作为"乱步花甲纪念特刊"。著名作家中岛河太郎编纂和发行《江户川乱步花甲纪念文集》。11月，映阳堂出版《江户川乱步选集》10卷。12月，光文社出版《塔上魔术师》。

1955年 61岁

1月，在《趣味俱乐部》连载《影男》，在《少年》连载《海底魔术师》，在《少年俱乐部》连载《灰色巨人》。5月，举行首届"江户川乱步奖"颁奖仪式。11月，在三重县名张市举行"江户川乱步诞生地"树碑庆贺仪式。12月，光文社出版《海底魔术师》《灰色巨人》。

1956年 62岁

1月，在《少年》上连载《魔法博士》，在《少年俱乐部》上连载《黄金豹》。1月24日，"日本翻译家研究会"成立，出任研究会顾问。2月，出任"日本文艺家协会语言表述问题专业委员会"委员。4月，发表《英文翻译侦探小说短篇集》。8月，接任《宝石》杂志主编。11月，光文社出版《马戏团里的怪人》《魔法玩偶》。

1957年 63岁

1月，在《少年》连载《夜光人》，在《少年俱乐

部》连载《奇面城的秘密》，在《少女俱乐部》连载
《塔上魔术师》。12月，光文社出版《夜光人》《奇面城
的秘密》《塔上魔术师》。

1959年　65岁

1月，在《少年》连载《假面具背后的恐怖王》。11
月，桃源社出版《欺诈师与空气男》，光文社出版《假
面具背后的恐怖王》。

1960年　66岁

1月，在《少年》连载《带电人M》。4月，出任东
都书房《日本侦探推理小说大集成》编辑委员。

1961年　67岁

4月，成为文艺家协会名誉会员。7月，出席"江户
川乱步从事侦探小说创作四十周年庆典"，桃源社出版
《侦探小说四十年》。10月，桃源社出版《江户川乱步
全集》18卷。11月3日，荣获日本政府颁发的"紫绶褒
勋章"。

1963年　69岁

1月，"日本侦探作家俱乐部"升格为社团法人"日
本推理作家协会"，被一致推选为第一届理事长。8月，
再次当选，坚辞不受，亲自提名松本清张接任第二届理
事长。

1965年　71岁

7月28日，突发脑出血逝世，戒名智胜院幻城乱步居士。获赠正五位勋三等瑞宝章。8月1日，在青山葬仪所举行日本推理作家协会葬，墓所位于多摩灵园。

译后记

我1981年8月考入宝钢翻译科从事翻译工作，1982年初开始从事日本文学翻译，1983年2月首次发表日本文学译作。四十余年来，我一直致力于中日民间文化交流，尤其是翻译了日本推理文学鼻祖江户川乱步的作品全集，由衷地感到欣慰和满足。

《江户川乱步全集》共46册，数百万言，历经数个寒暑才翻译完成。回首往事，第一天坐在桌案前写下第一行译文的情景仍历历在目。为了解江户川乱步的创作思想、创作背景和准确把握作品的神韵，除反复阅读其所有小说作品外，我还遍览《侦探推理文学四十年》《乱步公开的隐私》《幻影城主》《奇特的立意》和《海外侦探推理文学作家和作品》等乱步的随笔和评论集。并专程去了坐落在东京丰岛区池袋的江户川乱步故居考察，到日本国家图书馆查阅了有关江户川乱步的许多资料。

为了让更多的人了解江户川乱步，我在《新民晚报》先后发表了《江户川乱步，日本侦探推理文学的先驱》《日本的福尔摩斯》《江户川乱步的起步》《徜徉少年大侦探系列》《徜徉青年大侦探系列》，接受了腾讯视频、东方电视台、《上海翻译家报》、沪江网、日语界以及日本青森电视台、《东粤日报》、《朝日新闻》、《产经新闻》、《中日新闻》的相关采访。

鲁迅说："伟大的成绩和辛勤劳动是成正比的，有一分劳动就有一分收获。日积月累，从少到多，奇迹就可以创造出来。"我历经数年辛劳翻译的这版《江户川乱步全集》，2004年4月被乱步故里日本名张市政府收藏，2020年10月又被日本驻上海总领事馆收藏，并荣获国际亚太地区出版联合会

APPA翻译金奖，其中的"少年侦探团系列"荣获国家新闻出版总署优秀少儿图书三等奖。

江户川乱步可以说是日本推理文学的代名词，江户川乱步奖是推动日本推理文学作家辈出的巨大动力，《江户川乱步全集》是世界侦探推理文学的瑰宝。希望通过这套《江户川乱步全集》，可以让更多的读者共同享受推理文学的乐趣。

2021年元旦于上海虹桥东华美寓所